マドンナメイト文庫

快楽温泉 秘蜜のふたり旅

伊吹泰郎

目次

contents

快楽温泉 秘蜜のふたり旅

序章

宮野朋（みやのとも）はパジャマ姿で足音を忍ばせ、木花亭（このはなてい）の裏口から外へ出た。

今日は誰にも見つからずに済んで、自然と安堵（あんど）の溜め息だ。

やっぱり、宿泊客用の大浴場は心地いい。女将である母の楓（かえで）にバレたら叱られてしまうが、成長途中の手足を思いきり伸ばせるし、上質の鉱泉（こうせん）とわかっていると、なんとなく身体にいい気がする。

着替えた服の入る袋を片手に、朋は上機嫌で歩きだした。

その耳へふと、甲高い声が流れ込む。反射的に足を止めて木花亭を見上げれば、さらにはっきり喘ぎを聞き取れてしまった。

「……ぁっ……やっ……すご……おちん……んっ……ぁあっ……」

（あーあ、今回のお客さんは、ベランダで盛り上がっちゃったかぁ……）

部屋へ戻る前からヤりだせば、人から聞かれるとわかっているだろうに。

まあ、それだけ『効く』ということか。

木花亭の数部屋に据えられた露天風呂は、特別な効能を持っている。

朋自身は試したことがないが、使った客がどんなことを始めたかなら想像できた。

とどのつまり、裸のカップルが、あれしたり、これしたり。

(はぁぁっ……年頃の娘には、酷な環境ですよなぁ……っ)

湯上がりで火照っていると、こっちまで股間がムズムズしそうだ。

早く都会へ出て、自分も彼氏をゲットしたい。友人からは男の趣味が悪いとよく言われるし、気になる相手が現れても、競争率は高くならないはずで――。

(あ、むしろあたしがモテモテになっちゃったり?)

直後、ふやけた妄想を押しのけるように、頭上の嬌声が大きくなった。

おかげで朋も、あっさり気持ちが冷める。

「……さーて、帰って寝ますか」

まったく。母も独り身のまま、よくこんな宿で女将を続けられると思う。面と向かっては言いたくないが、美人だし、町での評判もいいし、その気になれば再婚できると思うのだけど。

でも、まずは自分が優先だった。

好みの男子と出会うためにも、来年の受験、絶対に成功させてやる――！

＊

今年、工藤浩人は大学受験に失敗して、浪人生となった。

その彼には一人、高校へ入ってから話すようになった女子がいる。一年目で同じクラスとなった際、苗字が五十音並びで近かったため、席が隣同士となったのだ。

とはいえ、出会ったばかりの神楽坂美咲は、多感な男子からすると、恋愛対象とは捉えにくい存在だった。

背丈は平均的ながらも、さほどスタイルがいいようには見えない。

顔立ちだって地味で、向き合ったときはまず、度の強い黒ぶち眼鏡が目につく。

常に眠そうなうえ、ショートカットの髪へ寝癖が残っていても、平然と学校へ来てしまう。

しかもしゃべるテンポが遅く、声まで小さいから、何を言っているのか聞きづらかった。それでいて、話題が趣味である化学関連になるや、やたらと饒舌に変わる。

彼女との間に転機が訪れたのは、四月も終わりに近づいた頃の、とある昼休みだった。美咲が机へ突っ伏し、見るからに落ち込んでいたのだ。

「どうしたんだよ」

大して興味もないまま尋ねれば、美咲の声は弱々しかった。

「……駄目、だったの……化学同好会を作る申請……同好会は、三人以上いないと、不許可だって……」

「ああ、神楽坂の場合、付き合ってくれる友だちとか少なそうだもんな」

これは、美咲が交友関係の多寡（たか）を気にしないタイプと思えたから出た軽口だ。しかし、彼女はいつになく寂しそうな目線を返してきた。

「……ひどいよ、工藤君……」

刹那（せつな）、浩人も不思議と胸を締め付けられ、場の勢いで言ってしまった。

「だったらさ、俺が名前だけ、貸してやろうか？」

「え？　ほんとに……？」

たとえ他愛ない思い付きでも、美咲の声へ生気が戻るのを聞いたら、取り消すのは気が引けた。

「ああ、いいよ。どうせ帰宅部で通すつもりだったんだ」

別段、放課後に打ち込みたいことがあるわけでもない。趣味といえばゲームとマンガが少しだけで、学力も運動も並レベル。美咲を変人と呼ぶなら、浩人は生粋（きっすい）の凡人だった。

ともあれ、美咲はガバッと跳ね起きて、いきなり手を握ってきた。顔を至近距離まで寄せて、人が変わったみたいに目をキラキラさせた。

「工藤君、ありがとう……本当に、ありがとうっ」

「お、おう……っ」

残念ながら、化学同好会の設立は、最後の一人を見つけられずに頓挫（とんざ）した。しかしこれ以来、美咲からは妙に懐かれるようになったのである。

それから二年近く過ごすうち、浩人も地味な美咲の可愛いところが、だんだん見えてきた。

だから三年生になったとき、意を決して彼女へ告げた。

「俺さ、お前と同じ大学を目指すよ」

「……え？　急にどうしたの？　だって、浩人君……この間も数学のテスト、あんまりよくなかったのに……」

明らかに美咲は面食らっていたが、浩人は怯まず胸を張る。

「俺はお前の保護者代わりなんだぞ。別に構わないだろ？　それに、お前は知らないだろうけどな、俺はやればできるヤツなんだよ」

〝保護者〟というのは、浩人が美咲といっしょにいたくて、頻繁に使う方便だ。

聞いた美咲も、はにかむように表情を緩める。

「そうなんだ……？　ぁ……わたし、嬉しいかも」

これが弾みとなって、浩人はセリフの続きを口にできた。

「でさ、合格できたら、聞いてほしいことがあるんだ」

狙いはもちろん告白だ。合格後のテンションに乗っかれば、きっと美咲もＯＫしてくれる。

そう思っていたのだが――。

受かったのは美咲だけ。浩人は全ての学部で不合格だった。

「浩人君、わたしに聞かせたいことって、なんだったの、かな……？　受験勉強中も……ずっと、気になってたんだよ？」

三月、大学の敷地内に設けられた合格発表の場で、美咲は浩人の顔をジッと覗き込んできた。

しかし、こんな惨めなシチュエーションで、好きなんて言えるはずがない。

だから浩人は、空元気混じりにごまかした。

「いや、大したことじゃないんだ……さーて、来年こそリベンジ、リベンジッ。けど今日はまず、美咲の合格祝いだよなっ……」

あとはさっさと歩きだしたから、美咲の声など耳に届かなかった。

「……わたし、言ってほしかったのに…………浩人君の、へたれ……」

彼女は、小さくそう呟いていた。

第一章　女子大生の淫靡な計画

受験の結果発表から一月経って、浩人は久しぶりに美咲の家を訪れていた。理由は二日前、携帯で美咲に頼まれたからだ。

『浩人君、次の日曜日、時間取れるかな？　環境が変わったし、部屋のレイアウトを変えようと思って。できたらでいいんだけど、手伝ってくれる？』

字だけの連絡だと、彼女はあまり『……』を使わない。面と向かったときより、ハキハキしゃべっているように見える。

ともあれ、彼女とは文面でのやり取りこそ続いているものの、大学の入学式を境に、会える機会がなくなっていた。浩人も自然消滅の危機に焦っており、この話は渡りに舟だった。

神楽坂家は、都心からほどほどの距離にある一戸建てだ。

いかにも裕福そうな佇まいだが、代わりに両親は共働きで休日出勤が多く、一人っ子の美咲は、昔から孤独な時間が多かったらしい。

化学実験へ凝りだしたのも、その影響だろう。

実のところ、浩人は主に美咲の趣味へ付き合うため、少なくとも十回以上は、この家へ呼び出されている。

しかし、互いの立ち位置が変わってしまったと思いながら門の前へ立つと、初めて来たときより緊張が大きい。

果たして、美咲は最近どう過ごしているのか。

彼女も気を使ってか、携帯では大学生活の話題を選ばない。

他人への興味が乏しいタイプだし、キャンパスでも一人きりかもしれない。

あるいは、ついに化学系サークルへ所属できたのやも——。

(……なんなんだよ、くそっ)

こんなモヤモヤした気分でいるぐらいなら、告白なんて諦めたほうが楽かもしれない。

元々、彼女とは適度な関係を作れていた。仮に来年、美咲と同じ大学へ合格できても、一年越しでは恋人になってくれなんて言いづらい。

いずれにせよ、あまり長く突っ立っていたら、ご近所方に不審者と間違われかねなかった。

それに美咲と会う以上、辛気臭い顔なんてＮＧだ。

（……平気だよ。美咲は色気ゼロで、でっかい眼鏡をかけて、寝癖までつけてるようなヤツなんだ。今までどおり、友だちらしく振る舞えるって）

浩人は自分に言い聞かせ、インターフォンのボタンを押した。

ほどなく、スピーカーがプツッと微かな音を立て、前と変わらぬテンション低めな美咲の声があとに続く。

『どちら様……ですか？』

「俺だよ。浩人だ」

そう告げれば、

『……ちょっと待っててね。今、行くから』

それから二分と経たず、美咲は門の前までやってきた。

「いらっしゃい、浩人君」

しかし、浩人はすぐに返事できなかった。

現れた美咲の出で立ちが、想像と大きく違ったのだ。

ショートカットの髪はいかにもサラサラで、シャンプーのCMに呼ばれそうな艶まで出している。

コンタクトレンズへ変えたのか、長らくトレードマークだった大きな黒ぶち眼鏡すらかけていなかった。

素顔になってみれば、彼女の顔の輪郭はモデルさながらに小ぶりだ。

鼻筋も整っているし、唇はほどよい大きさだし、眠そうに思えた目元まで、流し目めいて色っぽい。

「どうかな……見た目、ちょっと変えてみたんだけど……」

「あ、あああっ……いいんじゃないか……っ？」

上目遣いの彼女へ、浩人はやっとのことで応じた。

だが、まだショックから抜け出せない。

印象が変わったせいか、美咲は身体のラインも目立っていた。

着ているのはありふれたTシャツとジーンズなのに、清潔感と併せて、胸元が確かな存在感で盛り上がる。デニム地が張りつくヒップと脚も、女らしい曲線が際立つ。

そのくせ、腰周りはスリムでしなやかそうだ。

「えと……大学デビュー成功、みたいな……えへへ」

美咲が微笑んで、浩人の頭もようやく働きだした。

彼はさりげなく聞いてみる。

「あ、あー……まあ、あれか？　見せたい奴ができた、とか？」

「…………うん」

「っ！」

目を細める美咲が嬉しそうで、いっそ家へ帰りたくなった。

「じゃあさっ、俺を家に上げちゃ、まずいだろっ」

「どうして？」

「だって、本命以外の男を家へ上げるのって……なあっ？」

「……いいの、気にしないで。遠慮なく、上がってね？」

美咲がドアを押さえ、家のほうへ身を反転させる。

後ろ姿は無防備で、いよいよ訳がわからなかった。

しかし胸中で呻(うめ)きつつ、浩人も彼女との繋がりを断ち切りたくない。

「……おう」

結局、玄関へ足を踏み入れてしまった。

神楽坂家の中は、前に来たときと変わっていなかった。

美咲の部屋は二階の突き当りにあり、浩人はそこへ通される。

室内の配置もほぼ記憶のままだった。今のところ目立つ違いは、縦長の姿見がカバー付きで置かれているぐらいか。

しかし考えてみれば当然で、本日はそれを変えるために来たわけだ。

浩人の視界に入るカーテンや机の上の小物入れはピンク色で、本棚には化学関係の本の他、料理のレシピ集が多くあった。

美咲に言わせれば、

――調味料の組み合わせとか、材料の配分とか、実験みたいで楽しいし……。

となる。

浩人も何度か手料理をご馳走されたが、たいていは美味かった。まあ、ときどき、すさまじい試作料理を食わされたりもしたが。

「浩人君にここへ来てもらうの、久しぶりだよね」

「受験前の勉強会以来だよな」

そこはかとなく声を弾ませる美咲へ応じながら、浩人は何気なくベッド上へ目を向けた。

直後、ギョッとさせられる。

掛布団の上へピンクのパジャマが放り出され、いっしょにシンプルなデザインのブラジャーまで転がっていたのだ。

ブラのサイズはおそらく平均的で、浩人が指を広げれば、カップがぴったり手へ収まるだろう。

いや、そんなことはどうでもいい。

「ああいうのを放り出しておくなよ！」

下着を指さして注意するが、美咲はあまり動じなかった。頬がわずかに赤らんだだけで、声のトーンは平静だ。

「あ、んーと……うん……ビックリしちゃった？」

「するだろっ」

自分が男扱いされていない気がして、浩人はさらに声を荒げる。

「お前も身だしなみに目覚めたんだろっ。恥じらいとか持てよなっ⁉」

「でも……見るのが浩人君だけなら、別にいいと思うし」

「どういう意味だよ、そりゃ……っ」

付き合いが長く、遠慮しないでいいということだろうか。

もしもそうならば、告白したところで無駄だったかもしれない。

ドッと疲れが出てきて、浩人は肩を落とした。

「俺、やっぱり帰っていいか？」

「……ここまで来てくれたんだから、駄目っ」

意外にはっきりした口調で断った美咲は、ベッドのパジャマと下着をひとまとめにして、壁際の白いチェストへ押し込んだ。

「今、お茶を淹れてくるね……浩人君、座って待ってて……」

そう言い残し、当たり前のように部屋から出ていく。

残された浩人は言われたとおり、ローテーブルの前へ腰を下ろした。しかし、手持ち無沙汰だと胸が高鳴ってしまう。

これまで無意識に考えるのを避けてきたが、私室となれば、男子が軽い気持ちで見るべきでないものも、多数あるはずだ。さっき見た下着で、それを否応なく実感してしまった。

チェストには、他の着替えやショーツだってしまわれているだろう。生理用品あたりも、どこかの引き出しにあるかもしれない。

そんな悩ましい十五分が過ぎ、ようやく美咲がトレイを手に戻ってきた。

彼女はテーブルを挟んで浩人の正面へ座り、ティーカップを一つずつ置く。

「冷めないうちに、どうぞ？」

「ああっ、サンキュ……ッ」

浩人も待つ間に喉が渇いていたので、即座にカップを取り上げた。

だが、中身はごく平凡な紅茶と見えたのに、顔へ寄せるときつめの匂いがツンと鼻に来る。舌へ乗せれば、味も辛くてスパイスめいていた。

「変わったお茶だな？」

「うん、特製の配合なの……」

「おかしなものは混ぜてないよな？」

「あ、それなら……」

警戒する浩人の前で、美咲もおもむろに茶を一口飲んだ。さらに安心してと言わんばかり、小首を傾(かし)げる。

「ね……？」

だが、並外れた愛らしさになったあとでそんな仕草をやられると、浩人は頬が熱くなる。それをごまかすため、またカップへ口を付けた。

（ま、まあ……問題ないだろ。こいつだって、やっていいことと悪いことの区別ぐら

いつけてるだろうし）

とにかく、さっさと飲み干そう。

模様替えが始まれば、対面の気まずさも薄れるはずだ——。

しかしお茶の時間が終わっても、作業は始まらなかった。

かといって、美咲は話題を振ってくるわけでもない。何を考えているのかわかりづらい眼差しで、無言のまま、浩人を見つめてくる。

「……そろそろ作業を始めないか？」

浩人のほうから切り出してみたが、

「……あー、そうだね……」

適当な返事があるのみだ。

ともあれ、会話に乏しいままでは間が持たない。

「この部屋、どんなレイアウトへ変えたいんだ？」

「うーん、どうしよっか……浩人君は、どう思う……？」

「いや、俺に聞くなよ。つうか、アイデアもないまま、俺を呼び出したのか？」

「実はね……他にも、頼みたいことがあって……携帯だと、伝えづらいから……」

「え？」

つまり本題は、半日がかりの模様替え以上に、持ちかけにくいことなのか。

だが、一方的に壁を感じていたところで頼ってもらえて、安心もする。

「言ってみろよ。追い込みの時期ならともかく、今ならまだ、息抜きの時間ぐらい取れるしさ」

「ありがとう、浩人君」

美咲はフニャッと微笑んで立ち上がると、机からスマホを持ってきた。

「……まず、これを見てほしいの……」

差し出された画面に表示されているのは、どこかの旅館の案内サイトだ。年季の入っていそうな和風の建物の写真といっしょに、『木花亭』と名前がある。

「これが、なんなんだ？」

「……下まで、ずぅっと見てみて？」

そこでスマホを手渡され、浩人はページをスライドさせた。

すると、写真のあとに少し長めの案内文が続く。しかし、冒頭にあるフレーズからして、ひどく怪しかった。

「〝縁結びの湯〟だって？」

露骨に顔をしかめてしまう。

なんでもこの旅館、木花亭の名物は、互いの関係に悩むカップルへ提供される、特別な客室らしい。ベランダに据えられた露天風呂へ二人で浸かれば、どんなにギクシャクしていても、仲睦まじい間柄へ戻れるそうだ。

読み進めるほど胡散臭い。

「……終わったぞ」

スマホを返そうと美咲へ目を移すと、彼女は意外なほど身を乗り出してきていた。

「うおっ!?」

未だ見慣れない友人の美貌に、浩人はのけ反りかける。

だが、美咲はお構いなしだった。

「あのね……大学で入った化学同好会の先輩が、去年、恋人と気まずくなりかけたとき……ここを使ってみたんだって。そしたらね、お互いに顔を見るだけでドキドキして、身体が熱くなって……前よりもっと、仲よくなれたそうなの」

「それって、変な薬でも入ってたんじゃないか？」

「たぶん、入ってたと思う。湯船に、ヨモギみたいな草の束が浮かんでたって話だし……」

「明らかにやばいだろっ!?」

「でもね、危険な薬だったら……こんなに堂々と、お客さん、呼べないよ？　それに、先輩も宿の近くで聞き込みとかしたけど……木花亭は知る人ぞ知る名湯だって、勧められたそうだし……」

彼女はそこでいったん、言葉を切る。二秒ほど溜めたあと、声へグッと力を籠めてきた。

「わたしも、ここへ行きたい。お湯……調べてみたいのっ」

「は、はぁあっ？」

「だって、どんな成分が含まれてるのか……ワクワクするよっ」

浩人は顔が引きつった。同時に、自分が何のために呼び出されたかを、ようやく理解した。

「もしや、そこへ俺に付き合えって？」

「うんっ」

「や、お前はわからないかもしれないけどさ、身体が熱くなるってことは……」

「催淫効果だよね？」

「ズバッというなよ！」

浩人はますます狼狽えた。

彼だって告白を目論んだぐらいだし、そういう仲まで進展したいと考えないではなかった。

しかし、途中経過をすっ飛ばしすぎだ。

「わたし、心配してないよ？　浩人君は優しいし……ちょっとぐらい興奮しても、意地悪なことなんて、絶対しないと思うから……」

「……っ！」

美咲としては、フォローのつもりかもしれない。

だが、浩人は刃で切り付けられた気分となった。

やっぱり、自分は男と見られていない。その直感に、声が刺々しくなってしまう。

「お、お前っ、念願の化学同好会へ入れたんだろっ。そっちの誰かへ頼めばいいじゃないかっ。そのっ……お前がおしゃれしてみせたかった相手とかさっ!?」

途端に美咲も固まった。それから何かを決心した顔になる。

あるいは、少し怒ったようでもあった。

「じゃあ……浩人君がどうなるか、今から試してみよ？　わたしは……乱暴しないほうに賭ける、よ？」

「何が言いたいんだ？」

「……身体、だんだん熱くなってるでしょ？　さっきのお茶にね、男の子を興奮させるお薬、入れておいたの」

「んなモノを無断で飲ませるな！」

怒鳴りながら、しかし浩人は美咲の言葉が真実だとわかった。

身体の芯が場違いなほど、ジュクジュク火照りはじめているのだ。

股間にも血が集まって、ローテーブルの陰で、ズボンの一点が盛り上がる。布地がきつくなり、浩人は低く唸ってしまった。

「お前、なんてもんを……っ」

「あの……違法なお薬じゃないよ？　それに縁結びの湯ほど、強力じゃないと思うし……」

「論点がおかしいっ！」

しかし、いくら呆れようと、鼓動は速まる一方で、美咲もテーブル脇から回り込んでくる。

「一回、射精しないと……薬の効き目、終わらないよ？」

マッドサイエンティストじみたことを述べつつ、彼女は浩人の頬へ軽くキスをした。

──チュッ！

接触は一秒にも満たないが、唇がプルンと柔らかいのはわかる。ましてや、屈折した想いを抱えつづけてきた相手からだから、浩人はひどく肌がムズついた。

すっと離れた美咲も、頬が真っ赤で、瞳まで悩ましそうに潤みだす。

「うく……っ!?」

浩人のパンツの下で、ますます肉幹が膨らんだ。これ以上、締められたままでいたら、亀頭が圧壊しかねない。

せめて、ズボンを緩められたら──。

その焦りを読み取ったように、美咲が彼のベルトへ手をかけた。

「ね……久しぶりの実験、しようよ？　我慢できなくなった浩人君に、わたしが襲われちゃったら……実験は失敗……ね？」

「身体張りすぎだぞっ、お前……！」

叱る声は虚しく響く。

実験で培われた美咲の器用さによって、浩人は易々とバックルを外されてしまったのである。

カチャ、カチャ、ジーッ。

バックルの次は、ボタンとファスナーだった。

美咲はズボンの前を開ききり、間髪入れず、男物のパンツもろとも腿までずらす。

隠すものがなくなって、浩人も問答無用で勃起ペニスを披露させられた。

「く、ぉ……！」

恥辱の念が募り、彼は全身を掻きむしりたくなる。体温もいちだんと上がって、のっけから額や腋の下へ、大粒の汗が浮いてきた。

そのくせ、男根は棍棒さながらの異形を誇るように、根元からピクピク揺れるのだ。

亀頭も丸々膨らんで、カリを四方へ張り出させていた。

竿は太くて硬く、臍へ届かんばかりに伸び上がり、根元では陰毛が縮れて、玉袋が不格好に大きい。

「男子って、興奮するとこんなになっちゃうんだ……すごい、ね……」

マイペースな美咲も、声が上ずり気味になっている。

とはいえ緊張してもまだ、探求心が勝ったらしい。

彼女は肉幹をしげしげと眺めはじめた。

今にも虫眼鏡を使いそうな勢いで顔を近づけ、細部にまで視線を注ぐ。亀頭から根元へ下っていけば、無意識に漏れる吐息が、牡粘膜をくすぐった。

「ううっ……」

浩人は羞恥だけでなく、官能のむず痒さにも苛まれる。

そこへ届く、美咲の感想だ。

「保健体育の教科書で見たとおり、だよ……ううん、もっとずっと、迫力があるね……」

「う、うるせぇよっ……ここからどうしようってんだっ？」

意中の女子から、最も恥ずかしい部分を調べられる、この無残な状況――。

とはいえ、混乱しつつも、〝実験〟を中断させる気にはなれなかった。

反撃したら美咲を押し倒してしまうし、逃げだしても、ペニスを勃起させたままで公道を歩き回る羽目になる。

そうだ。これは距離感のおかしい女友だちが、偏った知識で思いついたスキンシップなんだ。

浩人は自分へそう言い聞かせた。

しかし本当は、美咲を拒んで、悪い印象を持たれるのが怖いのだ。

それに一時的とはいえ、片想いの相手から愛でてもらえる甘い夢を、払いのけきれない。

その前で、美咲がローテーブルのほうへ振り返る。

「浩人君……そこ、座ってみて……？」

「っ……わかったよ」

渋々といった体裁を取りながら、浩人は立ち上がって、テーブルの天面へ腰かけた。

これでペニスの位置が高くなり、美咲も弄りやすくなったようだ。

「痛かったら……教えてね？」

彼女は浩人を見上げて言ったあと、視線を怒張へ戻し、右手も慎重に差し伸べてきた。

盛大に反っていた肉幹を摑んだら、鈴口を自分の側へ引き寄せる。

ノロノロした動きではあるものの、竿の角度は大きく変わった。重みは起点に集中し、裏側の皮が緩む反面、表側は亀頭もろとも、いっそう張り詰める。

「お、ふっ……」

感じやすい牡粘膜を、見えない手で圧されたかのようで、浩人は堪らず喉を鳴らした。

声を聞いた美咲も、一瞬だけ手を止めかけるが、何も言われなかったことで、続けられると判断したのだろう。

彼女は位置を固定した竿部分の薄皮を、右手の指先で小刻みになぞりはじめた。

蠢く指は、五本すべてが先端まで瑞々しい張りを宿す。弄る範囲は狭くとも、わずかな摩擦だけで、妖しいこそばゆさを生成する。

それに同じぐらい艶やかな手のひらが、指と反対側へ密着しながら、柔らかさと温もりを官能神経へ注いできた。

「このまま俺がイクまで、やる気なのか……っ？」

浩人は問いかける。しかし、お茶に混ぜた媚薬の効果は、射精しなければ抜けないと、さっき告げられたばかりだ。

美咲も「うん」と頷いて、具体的な感想を並べはじめた。

「浩人君のおち×ちん……とっても硬いね……これが、赤ちゃんを作るために、女の子の中へ入っちゃうんだ……奥まで潜り込まれたら、どんな感じ、しちゃうのかな……？」

口調は抑え気味だが、浩人は反射的に美咲を貫く場面を想像してしまう。

小声の彼女も、セックスとなれば、きっと切なく喘ぐだろう。表情に乏しい顔も、赤らみながら歪むかもしれない。

生々しい妄想はペニスへ影響し、綻びかけの鈴口から、我慢汁を染み出させた。

美咲もそれを見て、息を弾ませる。

「わぁっ……透明なのが出てきたよ？　これが……ええと、尿道球腺液、だよね……？」

「こういうときは、我慢汁って言えよ……っ」

えらく学術的な呼び方に、浩人は突っ込んでしまった。

「そっか、うん……我慢汁、だね……？」

美咲も素直に言い換えて、クンクンと湿った匂いを嗅ぎはじめる。

「お、おい、美咲っ……」

浩人が狼狽えたところで、さらなる質問だ。

「このおツユ……サンプルで保存して……いいかな？」

「駄目に決まってるだろ！」

「……残念……」

美咲はしゅんとなった。

しかし行為までは止めたりしない。それどころか左手まで浮かせて、液の出どころへ人差し指の腹を乗せてきた。

途端にくすぐったさへ、痛いほどの痺れがビリビリ割り込む。

「つぐっ⁉　そ、そこはまだっ……ちょっと早いみたいだっ」

「……もっと濡れてからのほうが、いいのかな……？」

指を離した美咲の次の標的は、皮を縮こまらせた二つの睾丸だった。彼女は右手で竿を押さえつつ、左手でそこを包み込む。

とはいえ鈴口同様、玉袋も壊れやすいことには変わりがない。むしろ、ダメージを受けたら致命的だろう。

「て、丁寧にやってくれよ……？」

生殺与奪を握られた気分で浩人が頼むと、美咲も「ん……っ」と応えてから、緩慢な愛撫を始める。

指遣いは思った以上に優しくて、全方位から玉を転がしはじめた。

「う、うっ……うんっ、それぐらいが……いいなっ……」

小動物さながらにあやされるようで、浩人の不安も霧散する。

こんな細やかなやり方は、自慰のときだってしたことがない。見えない場所で、白濁がどんどん熟成していくみたいだ。

一方、先走り汁の量も増えて、それが裏筋から竿にまで垂れてきた。

手の縁を濡らされた美咲は、再び上目遣いになって聞いてくる。

「また、先っちょへ触ってみて、いい？」

「ああ、任せるよ……っ」

実は浩人も、亀頭への刺激がほしくなっていた。

彼の返事に、美咲は右手の親指を持ち上げて、濡れた裏筋へかぶせる。

これで快感も強まって、浩人はローテーブルの上でビクッとわなないた。

「おっ……んぅぅうっ！」

声色は苦悶と紙一重だ。しかし美咲も頭の回転が早いから、相手が気持ちいいのか痛いのかを、大体聞き分けられるようになったらしい。

「じゃあ、やってみる、ね……？」

彼女はここまでと変わらない丁寧さで、親指を操りはじめた。

まずは細かな皺（しわ）を掻き分けて、ヌルつきを執拗（しつよう）に擦り込む。次いで反応を探るように、鈴口へ寄せてから、スッと離した。

「う、おっ……美咲……っ」

量を増した我慢汁は、裏筋の反対側、亀頭の表にも広がっていく。

これを見た美咲は、左手を玉袋から離して、今度こそ指の腹を鈴口へかぶせた。

「はっ、くぉっ……!?」

先端へ殺到する刺激に、浩人は奇声をあげかけた。が、それを飲み込んで、美咲への言葉に変える。

「そこっ……もう、いけるっ！」

実際、鈍い痛みはあるが、縦長の穴は、分厚い膜となった粘液に守られている。さっきほどはきつくなく、むしろこのまま撫でてほしい。

「わかった……っ」

美咲もなぞる範囲を広げだし、亀頭粘膜全体へ愛撫を滑らせた。

こちらの快楽は鈴口以上だ。指が当たれば熱く痺れ、他の場所へ遠ざかったあとも、重い何かが蟠る。それがじれったさへ変わる前に、責めがまたスピーディーに戻ってくる。

「わたし……コツが摑めてきた、かも……っ」

美咲の声は、得意そうに弾んでいた。のみならず、右手の指をカリ首の窪みへも滑り込ませ、左右に縁取りだす。

「おっ、おっ、美咲ぃっ!?」

浩人が受けた衝撃は、今日一番の過激さで、亀頭が限度を超えて、ムクムクと肥大化しそうに思えてきた。

「先輩から、教えてもらったの……っ。ここをしてあげるとっ、男の子は、悦ぶよって……。あ、はっ……ほんとにっ、効くんだね……っ」

「お前っ……大学でこんなことばっかり、覚えてるのか……っ？　ってか、その先輩って、女の人だよなっ⁉」

未練がましく問うと、すぐさま美咲に言い返される。

「っ……勉強だって、ちゃんとしてる、もんっ……それからっ……先輩は女の人っ、だよ……っ」

なぜか今のセリフが不満だったように、彼女はカリ首への力を強めた。

そのため、愉悦もさらに食い込んで、浩人は尻を浮かせかける。

しかし、最高の射精感を味わうにはまだ一歩足りないことへも、気づいてしまった。

扱く動きが、まだなのだ。

これを自分から言ってしまえば、美咲のスキンシップへ付き合っているという言い訳を使えなくなる。だから我慢しようとするのだが、快楽は不十分なまま、執拗に積み重なってきた。

このままだと、半端な絶頂まであと少し——。

「はぁ……んっ、浩人君……このまま、イケそう……？」

「……っ！」

美咲から具体的に聞かれたら、もう堪えきれなかった。

「あっ、そのっ……！　扱くやり方も頼むっ！　俺、竿から亀頭まで何度も擦るのがっ、一番、感じるんだ……っ！」

「んっ……やってみる……！」

浩人からのリクエストに、美咲はすぐさま竿へ左手を移した。

併せて右手のほうでもしっかり握り直し、放したばかりの亀頭めがけて、筒にした両手を駆け上らせてくる。

「お、おぉおっ!?」

カリ首の全方位を捲られ、浩人は情けなくわなないた。

指の腹だけ使っていたここまでと比べて、快感の広がり方は桁違いだ。

しかも、美咲は己の聡明さを活用し、絶妙な力加減を見つけだす。

包んだ亀頭を揉みほぐして愉悦を定着させたら、あとは根元めがけて、くっ付けたままの手のひらをスライドさせた。

走るペースは上りのときと変わらない。むしろカリ首を通過する瞬間なんて、引っかかりがないためにいちだんとスムーズだ。

滑りやすい竿の皮も、付け根へ向かってピンと伸ばし、仕上げに手の端を陰毛の生え際へとぶつけた。

「つ、おぉくっ……！」

浩人は微塵も力を抜けない。

その間にまた両手が上り、ひたすら乗り気の往復が始まる。

「そっか……うんっ……おち×ちんって、こうするのが気持ちいいんだねっ……」

新しいことを学んだ生徒さながら、美咲の息遣いは嬉しそうだった。彼女は我慢汁も躊躇なく擦り潰し、グチュッグチュッと音を鳴らす。

浩人は聴覚まで惑わされ、早くも子種を汲み上げられそうだった。

――いや、違う。駄目だ、もっと粘れ！　早漏なんて思われたくない！

だが、そう念じる反面、この生まれて初めての気持ちよさと共にイカせてほしい気もする。

相反する二つの情動がせめぎ合い、彼は罠へかかった獣のように喘いだ。

「美咲っ……美咲っ！　俺……何つうかっ……ィ、イッちまって、いいのか……!?」

対する美咲も、呼び声を高くする。

「うんっ……浩人君っ……わたし、イってほしいっ……浩人君が射精するまでの全部をっ……見てみたいの……っ」

「あ、あぅうっ！」

欲求が射精のほうへ傾いて、浩人はとっさに頷きかけた。そのせいで腹へ力が入り、ザーメンを竿に押し上げそうになる。

「く、おっ！」

やっぱり嫌だ。もう少しだけ、この快感を貪り(むさぼ)たい。

再び気持ちがブレて、浩人は息んだ。尿道を精子に侵食されながら、迫る肉悦へ懸命に逆らった。

そこで美咲は、亀頭を捕まえる。今度はさっきより強い力で揉みしだいてくる。

「イッてっ……浩人君、イッて……ぇ……っ！」

「く、ぐぅぅうっ!?」

果てまいと踏ん張った矢先にこれだから、搾(しぼ)られた神経は崩壊せんばかりに疼きだした。

浩人も、己の歯止めが壊れたのを感じ取る。

出る、出る、イカされる——！

次の瞬間、美咲の愛撫が根元へ落ちた。竿を搾り、粘膜も皮も張り詰めさせながら、

「出しっ……てぇえっ！」

「うぁっ！　つ、ぅおおっ⁉」

浩人は声によっても追い打ちをかけられて、ザーメンが尿道を突っ切る法悦に打ちのめされた。

さらに濁流は鈴口まで拡張し、ビュクッビュクッと宙へ弧を描く。

ただし、責める側だった美咲も、亀頭を覗き込んでいたために、顔を直撃されてしまった。

「はぷっ……！　あっ、あぁっ……んぁふっ⁉」

射精は二度、三度と続き、目元に続いて額を、頬を、鼻筋を、ゼリー状の白で汚す。

液塊がぶつかるたび、美咲の身体は感電したかのごとく、わなないていた。

とはいえペニスは解放せずに、みっちり握りつづける。おかげで浩人も、精を出しきってまだ、手足の力を抜けない。

「はぁっ、はぁっ……はぁあっ……」

彼が荒い呼吸を繰り返せば、室内には我慢汁や汗の匂いだけでなく、イカ臭さまで

たっぷり立ち込めていた。

「うぁ……俺……俺は……ぁ……っ」

羞恥と恍惚、多幸感に名残惜しさなど、雑多な感情がない交ぜとなって、今後、どんな気持ちで美咲を見ればいいのかわからない。しかし、それでも彼女の手は底なしに気持ちいい。

——だから、せめて。

浩人も少しの間だけ、難しい葛藤なんて頭から追い払って、絶頂の余韻へ浸っていたかった。

射精の瞬間から二、三分が過ぎ、ようやくペニスはふだんの大きさへ近づいてきた。

だが、浩人は未だに股間を丸出しのまま、現実と向き合う踏ん切りがつかない。

美咲も顔を拭うことさえ忘れたように身震いしている。

「あぁ……こんなに……かけられちゃったね……す、すごい匂い、だよぉ……」

彼女は荒い呼吸の合間に、虚ろな言葉を吐いていた。

浩人がノロノロ視線を落とせば、ザーメン塗れの美咲を、改めて目の当たりにしてしまう。

「うう……っ」

粘度たっぷりの子種は容易に垂れることがなく、塊のままで柔肌へへばりついていた。

手コキは美咲が望んだことだし、こちらは薬まで盛られた被害者だ。しかし、汚した結果を見下ろすと、理屈抜きで後ろめたくなる。

そこでようやく美咲が我に返って、小声で呼びかけてきた。

「ねえ……浩人、君……」

「はっ、はいっ！」

思わず身が引き締まる。

一方、美咲はせがむ口調だ。

「我慢汁は駄目でも、精液のほうはサンプルに……」

「って！　そっちも不許可だよ……っ！」

甘さなどゼロのセリフに、浩人もずっこけそうになった。ただ、罪の意識はちょっと和らぐ。

彼はローテーブルにあったボックスティッシュを数枚引っ張り出して、美咲の顔を拭ってやった。さらに彼女へ呼びかける。

「あのなぁ、美咲……もう変な薬なんて、使わないでくれよ……？」

「あっ……ごめんね。薬なんて嘘なの……ただの紅茶に、ショウガとか、唐辛子とか
……身体があったまるものを入れただけ……」

「へっ？　だ、だって、俺……その……でっかくなったんだぞ？」

素面で勃起とは言いづらいからぼかした表現になるが、美咲は白濁の取れた顔で、コクリと頷いた。

「浩人君が反応したのは……えと、プラセボ効果、みたいな……」

「……マジかよ……っ」

プラセボ効果とは、別名、偽薬効果だ。薬以外のものを薬と信じた結果、何らかの影響が出ることをいう。

浩人は今度こそ非現実感から抜け出して、ガックリ肩を落とした。騙されたこと以上に、己のチョロさへ腹が立つ。

「でも、これでお前もわかっただろ？　俺といっしょに変な宿へ泊まったらやばいんだって」

「ううん。そんなこと、ない……浩人君、最後まで酷いことしなかったもん……だから、縁結びの湯を調べるのに、協力してもらいたいのっ」

やけに頑固だ。

しかし浩人だって応とは言いにくく、懸命に頭を働かせて、別の言い訳を思いついた。

「木花亭って老舗(しにせ)なんだろ？　そういう旅館はたいてい、料金も高いじゃないか。俺は浪人中でバイトもできないし、とてもじゃないけど払えないって」

「大丈夫。わたし、子供の頃から、お小遣いとお年玉を、ちょっとずつ貯めてるの……っ」

「バ、バカ言うなっ！　旅行代をお前に払ってもらうとか、格好悪すぎだろっ！」

さすがにカチンとくる。どうしても行きたいなら、化学同好会の先輩でも誘え――と、そう言いかけて、しかし彼は土壇場でストップをかけた。

さっきも似たセリフで美咲を怒らせたのだ。それに考えてみれば、美咲が自分以外の誰かとそんな湯を使うのは嫌だ。

仕方なく、プライドをねじ伏せて妥協した。

「…………わかったよ。でも、宿泊費は必ず返す。何ヵ月かで小出しになると思うけど、絶対だ」

「……気にしなくていいのに……」

「俺の気持ちの問題なんだよっ」

見栄っ張りで、無力で、どっちつかずの浩人にとって、そこは絶対に譲れない最後の一線なのであった。

第二章　爆乳女将のおもてなし

地図だけ見れば、木花亭があるのは関東圏の片隅だった。

とはいえ都心から行くとなると、電車を乗り継ぎ、さらに長時間、バスで揺られなければならない。

しかも、目的のバス停に着いたあとは、徒歩での移動もある。

いちおう、バス停周りは開けていて、舗装された道路沿いに、民家や古い雑貨店が並んでいた。鉱泉が売りの地域だから、道なりに行けば、木花亭以外の公衆浴場も複数あるらしい。

だが、遠目には森深い山々が連なって、滅多に東京から離れない浩人からすれば別世界さながらだ。

「……縁結びの湯ってのは、ずいぶんすごい場所にあるんだな」

バス停から歩くうちに肩からずり落ちてきたバッグを担ぎ直しつつ、彼は嘆息する。今やゴールデンウィークのあとで、気温も日々上がっていた。荷物を持っての移動だと、次第に額へ汗が浮く。

縁結びの湯なんて、旅館の中でも変わり種だろう。しかし興味本位で泊まるには、交通の便が悪すぎだ。

「……わざわざこんな遠くまで来たなんて、美咲の先輩たちって、破局寸前までいってたんじゃないか？」

浩人が聞けば、キャリーケースを引っ張る美咲も少し疲れ気味に答える。

「うん……お互い遠慮して……なかなか関係、進められなかったんだって……それで先輩、手を出してくれない彼氏に、焦れったくなっちゃったって……」

「大学生にもなって、ずいぶん奥手だったんだな」

浩人は自分を棚に上げて感心する。すると、美咲にマジマジと顔を見つめられた。

「……なんだよ？」

聞けば、彼女は首を横へ振る。

「なんでも、ないよ……？」

「そうか？」

浩人も気が抜けたまま、視線を前方へ戻した。

実を言うと、現状にはまだ納得できていない。手コキされた件についても、割り切ったというより、深く考えないようにしているだけだ。とはいえ、ショックのピークを過ぎたためか、四月に神楽坂家の前へ立ったときのような居心地の悪さは、だいぶ薄れていた。

「予定は二泊三日なんだよな？」

「うん、そうだよ。でもね、縁結びの湯を使えるのは、どんなお客も一回だけなんだって……だから、一日目に実験をやって……二日目は、のんびりしよう？」

「やばそうな場所だったら、すぐ回れ右だぞ？」

「……わかったよ」

疑いを隠さない浩人の態度が、美咲は少し不服そうだ。

やがて行く手に一つ、看板と分かれ道が見えてきた。

看板には『木花亭、この先二百メートル』とあり、脇道のほうへ矢印が記されている。

「こっち、だね」

「だな」

美咲と頷き合った。

次いで脇道へ踏み込んでみれば、ちょっとした上り坂になっていて、左右から伸びる多数の木の枝が、まるで緑のトンネルだった。すでに十分使った足腰へ、さらなる負担がかかるものの、明るい木漏れ日と葉の香りは心地よい。

ほどなく目の前が開け、自動車数台分のささやかな駐車場へ出た。

その少し先に、木花亭のものと思しき門が見える。小ぶりながらも純和風の造りで、縁結びの湯なんて怪しい謳い文句は、あまり似合わない。

(ひょっとして、割と感じのいい旅館なのか？　いや、そう決めるのも、まだ早いけどさ……)

実物を見たせいか、浩人もようやく気持ちが動いてきた。

木花亭の本館は門と似て、二階建てのこぢんまりした造りだった。写真で見たように、昔ながらの瓦葺きで、壁は白い漆喰になっている。

とはいえ、浩人だって建物に詳しい訳ではない。浮かぶ感想はせいぜい、歴史がありそうだなぁ、昭和が舞台のドラマっぽいなぁ、程度だ。

「……行こ？」

「ああ」

二階を見上げていたところを美咲に促(うなが)され、浩人は曇りガラスの張られた引き戸を開けた。

明るさへ慣れていた目に、屋内は少し暗い。

一歩入り、まばたきして視力を回復させると、正面にはこれまたドラマでしか見ないような、日本画の衝立(ついたて)があった。黒光りする板張りの床も、浩人にとっては馴染みがない代物(しろもの)だ。

「ごめんくださーい！」

声の小さな美咲の代わりに、奥へ呼びかける。

するとすぐ、和服姿の女性がやってきた。

「いらっしゃいませ。二名様ですか？」

「あ、はい。予約していた神楽坂と工藤、ですけ……ど……」

浩人は途中で、不自然に言葉が切れてしまう。

現れた女性は、年の頃が二十代後半から三十代の頭ぐらい。浩人からすれば一回り近く上で、本来ならおばさんのイメージが強いはずだった。

なのに、真っ先に脳内へ焼き付いた印象は”すごい美人“だ。

雰囲気も柔和な癒し系だし、包容力が歳の差と直結している。目尻の少し垂れ気味なところも、笑顔を魅力的に彩った。

それでいて、バストはふくよかすぎるほど盛り上がる。初心な目には毒となりそうなボリュームで、きつく締められた帯との対比が一目瞭然だ。

「神楽坂美咲様と、工藤浩人様ですね。お待ちしておりました。私は木花亭の女将で、宮野楓と申します。ささ、どうぞお上がりください」

「は……はいっ、失礼しますっ」

床へ膝を付いた楓にスリッパを用意してもらい、浩人はあたふた靴を脱いだ。

上がり框を跨いで立つと、自然に楓を見下ろす格好となる。頭の後ろで結われた彼女の黒髪には、たっぷり豊かな量があった。

加えて、お尻はムチムチと豊満で、しゃがんでいると張り付いた着物越しに、双丘の形まで浮き上がってしまいそう――。

もっとも、浩人がグラマラスな肢体にドギマギさせられた時間は、さほど長くなかった。

楓がスッと立ち上がり、

「では、お部屋までご案内いたします」

間近から見つめてきたため、彼も不躾になりかけた視線を、どうにか引きはがせたのである。

浩人たちは宿の二階の、カップルに適した広い和室へ通された。

室内は掃除が隅々まで行き届き、ゆったり居心地がよさそうだ。当然ながら、布団はまだ敷かれておらず、中央には木製の座卓があった。他の家具類も含め、色合いは全体的に渋く、床の間に飾られた花だけが、鮮やかに赤い。

そして入り口の正面には、外へ繋がる大きなガラス戸だ。そこからベランダへ出られるようになっている。

「ベランダにあるのが、縁結びの湯となっております。それから一階にも、大浴場がございます」

楚々とした口調で、楓が説明する。しかし、彼女の言うサービスは、ひどくいかがわしい内容かもしれないのだ。大きなギャップに、浩人は戸惑った。

そこへ美咲がグッと踏み出す。

「あ、あのっ、縁結びのお風呂って……すぐ、使えるんですかっ？」

基本、初対面とは打ち解けにくい性格なのに、今回ばかりは早口だった。

楓はしとやかに小首を傾げる。

「そちらはご要望がございましたら、夕食のあとで支度をさせていただきます」

「お願いしますっ」

「では、お夕食のあとでお申し付けください。お食事は何時にお持ちいたしましょうか？」

「できるだけっ、早くで……っ」

「かしこまりました。なお、当宿は縁結びの湯だけでなく、大浴場にも山中から湧き出る鉱泉を使っております。そちらは男女で別浴ですが、二十四時間使えますので、ぜひお試しくださいませ」

楓はさらに宿の中の設備を幾つか説明したあと、「どうぞごゆっくり」と滑らかにお辞儀して、部屋から出ていった。

彼女がドアを閉めるのを待ち、浩人はバッグを床の隅へ下ろす。強張っていた肩をほぐし、ついでに美咲を注意した。

「お前、焦りすぎ。まだ到着したばっかなんだぞ」

「だって……気になったから……」

美咲もキャリーケースを浩人のバッグの隣へ置き、それから不満そうに見上げてきた。

「あと、浩人君……女将さんの胸ばっかり見てるし……すごく、やらしかったよ？」

「み、見てねぇからな!?」

浩人はとっさに目を剝いてしまった。

これで美咲も、いっそう疑いを深めたように口を尖らせる。物腰が子供っぽいから、迫力は皆無だが、浩人には拗ねた表情だけで効果覿面だ。

彼はごまかすつもりで、彼女を促した。

「と、とにかく夕飯まではまだあるんだ。今のうちに宿を見て回って、大きいほうの風呂も使ってみようぜっ？　けっこう汗掻いたしさっ」

ついでに、宿内へ不審な箇所がないか、調べておきたい。

「あー、そう、だよね。ん……賛成」

美咲もいちおうは、不機嫌な態度を引っ込めてくれた。

再び一階へ降りれば、階段脇が家庭的な和風のロビーで、そこから奥へ廊下が伸びていた。

さっきの楓の話によれば、大浴場は廊下の先にあるらしい。

「まずはそっちだな」

「……うん」

美咲と確認しあったが、浩人たちの足は、廊下へ踏み込む手前で同時に止まった。

自然の枝を利用した大きなオブジェの隣に、目立つパネルがあったのだ。

そこには木花亭というより、この地域のものらしい逸話が書いてある。

なんでも室町時代、若い領主の許へ、都から高貴な姫が嫁に来たそうだ。

だが、領主も姫も育った環境が違いすぎて、なかなか打ち解けられない。

困った家来は、夢枕に立った神のお告げでヨモギ風呂を作り、主君夫婦を入らせた。

すると瞬く間に二人の心のわだかまりは溶け、以降、末永く幸せに暮らしたという。

「……ベタだなぁ。えらくベタだ」

浩人は率直に感想を述べた。しかも、大して山場がない。

「第一さ、縁結びの湯って、そんな大昔からあるのか？」

サービスへ箔を付けるためにでっち上げたホラ話ではないかと、疑ってしまう。

そこへいきなり、後ろから話しかけられた。

「夫婦円満の昔話なら、ちゃんとあるみたいですよ？　地元の伝説を集めた古い本にも載ってますしー」

「えっ？」

浩人は飛びのくように振り返った。

すると二メートルほど離れたところに一人、小柄な少女が怒ったふうもなく立っている。

「ま、縁結びの湯の技術が再発見されたのは、郷土史家だったお爺ちゃんの代になってからで、けっこう最近なんですけどっ」

そう言いながら、彼女は大股で歩み寄ってきた。さらに浩人の前で止まり、真っすぐな眼差しで見上げてくる。

「え、ええと……君は……？」

この少女がいったい、何歳ぐらいなのか、浩人にはよくわからなかった。

見た目だけなら、中学生めいた童顔で、身体つきも未成熟だ。半袖シャツの胸なんて、ほぼ真っ平で、ショートパンツに包まれた腰周りは薄く引き締まっている。

剥き出しの手足は、校庭を元気に走り回る場面こそ似合うだろう。季節はまだ初夏なのに、ほんのり日焼けまでしていた。

なのに、浮かべる表情は挑発的で大人っぽい。髪も背中まで伸ばし、わずかだが茶色く染めている。

浩人がリアクションに困っていると、少女はまた歩きだした。今度は浩人の周囲を回り、三百六十度の方向から観察だ。

「ほうほう、ふむふむ……むふっ」

珍妙な声をあげつつ、正面まで戻り、ようやく自己紹介してきた。

「あたし、宮野朋っていいます。ここの女将の娘でーすっ」

「へ、へぇぇ……」

あまりに楓と違うタイプで、驚かされる。それに若々しい楓へ、こんな大きな娘がいた事実も意外だ。

美咲も意表を衝かれたように呟いていた。

「姉妹じゃなく……親子なんだ……？」

この発言に、浩人は大きく頷いてしまう。

しかし改めて朋を見ると、楓と反対の雰囲気でありながら、将来性が抜群だった。大きな瞳はコケティッシュな子猫と似ているし、鼻は高すぎず低すぎずで、線がすっきりしている。唇はやや大きいが、それゆえに強気な態度が似合った。

二人の戸惑いぶりに、朋は屈託なく笑う。

「あははっ、お世辞だと思うけど、お母さんに言ってあげればきっと喜びますよぉ。

けど、あたしはお姉ちゃんだなんて思えないかな。いっつも厳しいし、口うるさいし、もうおばちゃんとしか」

「あら、朋さん？」

　またも不意打ちで声がした。

　さっきまで朋のいたところへ、楓が静かに佇んでいたのだ。その表情は接客スマイル以上ににこやかながら、鋭い迫力が見え隠れする。

「お客様相手に失礼な態度を取ってはいけませんよ？」

　流れ弾（だま）めいたプレッシャーが浩人のほうまで届き、彼は姿勢を正さずにはいられなかった。

　朋に至っては引き攣（つ）り笑いを浮かべ、頬に一筋汗を垂らす。

「あ、えーと……それじゃあたしはこれでっ、失礼しまぁすっ！」

　彼女は踵（きびす）を返し、駆け足で逃げていく。

　その背中を見送ったあと、楓が息を吐いた。

「お恥ずかしいところをお見せしてしまい、申し訳ございません。娘には常に礼儀正しくあるよう、躾（しつ）けているのですけれど……あとでよく言って聞かせます」

　頬へ手を添えた彼女の態度は、もうたおやかに戻っているが、垣間（かいま）見えたこれまでと別の一面に、浩人もとぼけた返事をしてしまう。

「げ、元気な娘さんですね？」

「本当に、失礼いたしました。久しぶりに年の近いお客様がいらっしゃって、はしゃいでいるようです」

「いえ、その、俺たちは気にしてませんから……」

遅ればせながらフォローを入れると、楓もホッとしたように微笑んだ。

「ありがとうございます。何かお気づきの点がありましたら、遠慮なくお声がけください」

貞淑（ていしゅく）な一礼を残し、彼女は浩人たちの前から去っていった。

その着物姿が通路の向こうに消えるのを待って、美咲も力を抜く。

「ちょっと変わった親子だね？　びっくりしちゃった……」

もう浩人の目線がやらしいなどと、なじることはない。だが、口調が少しだけ羨ましそうだ。きっと孤独だった子供時代を思い出したのだろう。

それを慰める口調で、浩人は同意する。

「ああ、そうだな。けど、悪い人たちじゃないみたいだ」

「うん」

少なくとも、風呂に変な薬を使っていそうな怪しさなんて、楓たちからは感じられない。

木花亭がいかがわしい施設というのも、きっと自分の考えすぎだったのだろう。

イレギュラーな出会いのあと、浩人たちは当初の予定に戻って大浴場を使ってみた。

湯の温度はややぬるかったものの、首まで浸かったまま、長時間くつろげる。全身にかかる重みもマッサージさながらで、長い移動のために凝りかけていた身体がジンワリほぐれた。

体調がおかしくなることも別になく、三十分ほどしたら美咲と合流だ。

「いい湯だったな」

「うん、気持ちよかったね」

少し上がったテンションで述べあって――。

ほどなく、宿に夜が訪れた。

「……ふぅう。……む、はぁぁ……」

客室内のトイレの中、洋式便器に座った浩人は、一回ごとに時間をかけて、唸り混じりの息を吐いていた。

すでに夕食の膳は下げられて、ベランダで露天風呂が湯気を立てている。あとは美咲とそこへ入るだけだ。

とはいえ、ただの友人にすぎない者同士で、裸を見せ合うのはまずいから、入浴時はどちらも水着を使おうと決めておいた。

浩人がトイレへ入ったのも、浴衣から海パンへ着替えるためだ。が、それもすぐ終わり、今やほとんど裸の格好で、美咲に呼ばれるのを待っている。

彼女も寝具が敷かれた和室で、支度を進めているはずなのだ。

いったい、あちらはどんな水着を選んだのだろう。ワンピースタイプか、セパレートタイプか。インドア派のイメージが強すぎて、肌の露(あらわ)な姿なんて思い浮かばない。

それでいて、ドア一枚隔てただけの場所で、お互いが服を脱ぐシチュエーションに、浩人の胸は高鳴った。

(落ち着け、落ち着け……よけいなことは考えるな……)

こんな格好で勃起したら、即座にバレてしまう。手コキで一度、果てさせられた身ではあるが、これ以上の失態は重ねたくない。

煩悩を散らすため、浩人は両膝をギュッとつねった。

（早いところ、全部済ませちまおう……っ）

宿への疑念も薄れたし、今なら縁結びの湯といっても、ちょっと身体が温まりやすい程度なのだろうと思える。美咲が紅茶へトウガラシなどを混ぜたのと、きっと似た原理だ。

やがて、ドア越しに微かな声が聞こえてきた。

「浩人君……準備、終わった……よ？」

「お、おうっ、俺もだっ」

浩人はよろけながら立ち上がった。途端に股座（またぐら）へ締め付けを感じたものの、咳払いでごまかして、脱いだ浴衣を片手にドアを押し開ける。

「……！」

美咲は、黒いビキニ姿だった。

ブラはカップ周りへヒラヒラしたフリルを垂らすタイプで、バストサイズがわかりにくくなっている。とはいえ、女子の水着姿に免疫がない浩人には、薄い布切れだけで乳房を隠しているようにも見えてしまった。

一方、パンツはローレグタイプで、布面積が狭い。脚の付け根の上なんて、まるで紐が通っているだけみたいだ。

しかも上下の黒色により、肌の瑞々しさも強調された。ふだんならば白い頬や首筋へは、茹ったように血の気が浮いている。

「ど、どう、かな……？」

身体の前で両手を重ね、モジモジ聞いてくる友人を、浩人はまともに見られない。あらぬほうへ顔を逸らし、やっとのことで、喉へ引っかかる声を吐く。

「ず、ずいぶん、過激な水着を持ってるんだな……っ？」

「うん……今日のために用意したの。……勝負水着、みたいな」

「お前は何と勝負する気だよ」

「ぁ、駄目だったかな？　似合わない……？」

「いいやっ……！　そんなことないけどさっ……」

否定的なことばかり言っていたら、美咲だって傷つくだろう。だから、つっかえつっかえ、正直な感想も述べる。

「ちゃんと似合ってるよ。似合ってはいるんだっ。ただっ……男と二人きりで着るには、危険すぎるというか……さっ」

「……ムラムラしちゃいそう？」

「しねえよっ！」

言い返した弾みに、美咲を見返してしまった。

「うっ！」

明確なサイズは測れなくとも、水着に守られた彼女の胸と尻周りが、可憐な丸みを描いていることなら、よくわかる。そのくせ、露出した部分は、どこも驚くほど細い。腕は手荒く扱えば折れそうだし、腰にも無駄な肉はまったくない。太腿だって、しなやかさより儚さが目立つ。

一方、肌はどこを取っても張りに満ち、押しても瞬時に元の曲線へ戻りそうだ。

——このまま見ていたら、本当に勃起してしまう。

「は、早く入っちまおうぜっ!?」

一対一で湯船に入れば、自分をますます追い詰めかねないが、浩人はもはや行動するより他にないのであった。

畳の上へ浴衣を放り出し、ベランダへ通じるガラス戸を開け放つと、濃い草の匂いが、湯気といっしょに押し寄せてきた。

もっとも、それは嫌な青臭さではない。どこか和菓子を思い出させる爽やかな芳香だ。

そこへ、美咲もヒョコッと顔を出す。

「んーと……確かにヨモギっぽい、ね？」

「あ、ああ、そうかもな……っ」

となると、和菓子みたいと感じたのも、あながち的外れではないだろう。

美咲の先輩もそう評していたらしいし、ロビーで見た言い伝えにもヨモギ湯とあった。

「ね、早く入ってみよ？」

「……わかったよ」

美咲に促され、浩人は自分から先に浴槽へ入った。

「ん……」

肩まで浸かれば、湯の温度は大浴場よりやや高い。しかし、山の夜気が涼しいから、これぐらいが丁度よかった。むしろ、身体が一気に温まる気持ちよさは格別で、狼狽える気持ちまで、脳内から抜け落ちかける。

ベランダの周囲は、高い木製の塀で囲まれて、外から覗かれない点にも、安心できた。

「ふぅうっ……」

息を漏らす浩人に続き、美咲も華奢な肢体を湯へ浸す。

湯船の広さは、男女が手足を曲げて、ギリギリぶつからない程度だ。浩人も一瞬、状況の際どさを思い出したが、周囲が暗いため、魅惑的すぎる美咲のビキニ姿を直視せずに済んだ。

「これが、先輩の言ってた薬草、なんだね……」

美咲は水面に浮いていた草の束を手に取って、しげしげ眺めている。

と思いきや、もう片方の手には水筒を用意しており、湯の一部を掬い取った。さらに千切った葉の一部も放り込み、しっかり蓋を閉める。

「持って帰るのか？」

「うん……あとで成分、調べてみる」

美咲は露天風呂の端へ、水筒を置いた。それから塀の上に目を転じる。

「浩人君は星、見える……？　わたし、コンタクトを外しちゃったから、ぜんぜん……」

「んん、どうだろうな？」

確認してみると、室内の明るさや湯気に隠れつつも、星々は東京の空より多かった。

「ああ、見える。けっこう鮮やかだ」

「そっかぁ……」

羨むように美咲が溜め息を吐く。それがおおげさで、浩人も苦笑してしまった。

「明日、コンタクトを着けて見ればいいじゃんか」

「浩人君、またベランダまで付き合ってくれる……？」

「当たり前だろ」

きっぱり告げると、今度は安堵の息が続いた。

「……よかったぁ」

この会話で、雰囲気も緩んでくる。

今日まで尋ねにくかったことだって口にできそうで、浩人は背筋を伸ばした。

「なあ……あのさ、大学ってどんな感じだ？」

「……ん、すごく楽しいよ」

やはり、メールでは遠慮していたのだろう。語りだした美咲の口調は、まるで重荷を下ろせたかのようだ。

「高校では教えてもらえなかったことも、いっぱい勉強できそうなの。今から、楽しみ……っ」

「そっか、よかったな」

ちゃんと聞けて嬉しかった。

となると、決意表明もしたくなる。

「美咲……っ、俺さ、来年こそはっ……」

浩人が身体の異変を自覚したのは、次の瞬間だった。

熱い中にいて気づくのが遅れたが、頬がいつの間にか火照りだし、息まで苦しくなっている。

ただし、のぼせるのとは明らかに違った。首筋や胸、脇腹などがむず痒く、細やかにねぶられるようなのだ。

海綿体へも血が集まって、みるみる肉幹を肥大化させた。

「く……うっ⁉」

水着だけならいざ知らず、股間の膨らみを隠すためのサポーターは、容赦なしにきつくなる。

しかも慌てる浩人の目の前で、美咲も落ち着かなさげに身じろぎしていた。

「ひ、浩人君……わたしの身体……変になってきた、みたい……」

呟く美貌は、黒ビキニを披露したあとより、さらに赤かった。これだけ暗くてわかるのだからそうとうだ。

これで浩人の悩ましさは、いっぺんに悪化した。我慢汁どころか、精液まで漏れそうで、彼はジャンプするように立ち上がる。

「上がろうっ、もう上がろうっ、美咲っ！　この風呂、やっぱりおかしいってっ！」

だが結果的に、勃起ペニスで盛り上がった海パンを、美咲の眼前へ突き出してしまう。

半開きになっていた彼女の唇から、切ない声がまろび出た。

「ぁ……、浩人、君……っ」

「……!?」

浩人は一瞬、まともな思考が途切れた。本気で美咲へ飛びつきたくなった。

それは寸前で耐えたものの、股間のざわつきまでは防げない。もはや、湯に触れつづけているかどうかなんて、関係なかった。

「俺っ……！　頭を冷やしてくるよっ！」

そう言い捨てて、彼は返事も待たずに部屋へ戻る。

身体を拭く間すら惜しみ、畳と布団が濡れるのも無視して、落ちていた浴衣を羽織った。

だが、動悸は激しいままだ。

背後で美咲がどうしているのかは不明だが、ここで振り返ったら、自制心が消し飛ぶだろう。

「部屋の鍵、よろしくなっ!?」

浩人は大雑把に帯を締め、全速力で部屋から飛び出したのだった――。

告白失敗に続き、美咲の前から逃げ出すのはこれで二度目だ。

しばらく、部屋には戻れない。といって勃起したままでは、人のいそうな場所へも出られない。

浩人は仕方なく、大浴場手前にある無人の宴会場へ隠れた。

この宴会場、畳敷きで縦に長く、十数人が揃って食事をできるほど広い。今も明かりが消えた静寂のなか、並んだ座卓が二つの列を作っている。

団体客が頻繁に木花亭まで来るとは思えないし、きっと地元の寄り合いなどでも使われるのだろう。

ともかく、欄間（らんま）の透かし彫りを通して庭の照明が入ってくるから、襖を閉めても真っ暗にはならない。

浩人は息を潜めて畳へ尻を落とし、体調が元に戻るのを待った。

だが、四、五分ほど経っても、下半身の火照りはまだ続く。

むしろ、肉幹を締められっぱなしで、よけいに苦しかった。布の濡れた感触も、べったりして気持ち悪い。

(ああ、ちくしょうっ……浴衣といっしょにパンツも持ってくればよかった……っ)

もしかしたら、海パンに残った水気が、苛烈な性感の原因かもしれない。

だが本当は着替えるよりも、ペニスを扱き、精液を排出したかった。

こうなったら、今からでも共用トイレを探すべきだろうか。それなら個室の中でオナニーできる。

だが、トイレがあるとすれば、おそらくロビー手前だ。宴会場へ逃げ込む際は誰もいなかったものの、宿内で最も人目につきやすい場所だし、今さら行く決心を固められない。

(どうなってんだよっ、この宿の風呂は……!?)

一度は捨てた疑惑が蘇り、浩人は心の中で叫んだ。

そこへ急に、廊下側から呼びかけられる。

「あの……どなたか、そこにいらっしゃいますか?」

「う、いっ!?」

声の主は、女将の楓らしかった。

浩人は身が縮こまり、股間へ変な力みが入る。刹那、裏筋と布地が擦れ、切迫感と共に頭が痺れた。

なんとか堪えようと息を止めるものの、一回入ったスイッチは戻せない。とどめの疼きが股間で弾け、ビュブッ、ビクビクッ、ビュルッ！

浩人は下着の中に、大量の精をぶちまけていた。

「う、ぁ、ううぅっ……！」

歪(いびっ)な開放感と情けなさが、いっぺんにこみ上げてくる。よりにもよって、こんな人前も同然の状態で——。

しかも、二度の呻きが聞こえてしまったのだろう。宴会場と廊下を隔てる襖が、スッと開かれた。

「ぁ……う……っ」

思ったとおり、来ていたのは楓だった。夜が更けても彼女はまだ着物姿で、屈(かが)む浩人には、胸の大きさだけでなく、腰周りのラインまで見て取れる。

「まぁ」

驚いたように口元を押さえる彼女の素ぶりで、浩人は泣きたくなった。

ザーメンの臭気も、たった今、嗅ぎ取られたはずだ。

しかし、楓は呆れたわけではなかったらしい。襖を後ろ手に閉ざしてしゃがみ込むと、袂からハンカチを取り出したのだ。

「そのままでは落ち着きませんでしょう？　私がお拭きいたします」

「え、い、え、えっ？」

浩人は頭が真っ白になる。口をパクつかせた末、やっと我へ返れた。

「い、いいですよっ、そんなことっ！」

「いいえ、どうか遠慮なさらず……」

「娘さんと旦那さんにも怒られそうですしっ！」

ずり下がりながら必死に言えば、楓の目を寂しげな光がよぎる。

「お気になさらないでください。夫は九年前に亡くなりましたので……」

「え、あ……すみません」

浩人も声のトーンが落ちてしまった。対する楓は取り繕うように微笑む。

「もう昔の話です。それより今はお客様のことですよ。そうなったのは、私どもの湯が原因なのでしょう？　であればなおさら、お世話をしないわけにはまいりませんわ」

「いや、でも……」

「お客様の秘密は絶対に守りますから、ご安心ください。それに旅の恥はかき捨てと言いますもの」

「……っ……」

追い詰められた浩人には、楓の表情を占めるのが、純粋な気遣いと思われた。

このままだと股間がネバつくし、臭いをなんとかしなければ、宴会場から出られない。

「せ、せめてハンカチだけ借りるとか」

往生際悪く遠慮すると、楓は返事のないまま優しく微笑み、浴衣の帯へ手をかけてきた。その動きがあまりに自然で、浩人も反応が遅れてしまう。

直後、帯がハラリと解(ほど)かれ、浴衣の前が全開となった。顔を出した海パンは、勃起しつづけるペニスに押されて、下品に膨らんでいる。

その海パンの縁まで、楓はそっと捕まえた。しかも不意に引っ張る力を強め、サポーターといっしょに腿までズラしてしまう。

「う、あっ……」

浩人はようやく羞恥心を取り戻したが、もはや手遅れだ。

丸見えとなった肉棒は最大サイズでそっくり返り、裏筋を楓の側へさらす。しかも先端から竿の中ほどまで、スペルマと我慢汁で濡れていた。

そこへ、楓がハンカチを添える。

「く、ううっ⁉」

柔らかな布地を挟んで、横並びの五指が触れただけで、浩人は身震いさせられた。

一度、達したあとも、逸物の感度はまだ高い。

それに楓だって手を休めず、亀頭へ沿って丁寧にザーメンを拭う。裏筋の凹凸や、カリ首の四方の窪みも、ゆっくりとなぞる。

生まれたこそばゆさは精神を融解させるようにねちっこく、浩人は次の子種が竿の根元へ充填（じゅうてん）されていく気分だった。

「あの……女将さんっ、その触り方は、ちょっと……」

恥を忍んで呼びかければ、楓が薄く笑みを浮かべる。

「ふふ、どうなさいましたの？」

わかっているだろうに聞いてくる表情は、朋と少し似ていた。のみならず、成熟した色っぽさは、娘を優に超える。

ひょっとしたら、彼女は親切心だけで動いているわけではないのかもしれない。

だがそうとわかっても、悩ましさは背筋まで走り抜けた。

楓はさらに竿まで綺麗にしたあと、気を持たせるようにハンカチを引っ込める。

触れるものがなくなって、浩人は猛烈に切なかった。

もっと触れてほしい。撫でるだけでなく扱いてほしい。

同じ屋根の下に美咲がいるとわかっていても、異常をきたした性感は凶悪で、そこに上気した美女の息遣いが届く。

「お客様のもの……なかなか小さくなりませんね。きっと縁結びの湯の影響が、身体の奥まで染み込んでいるのですわ」

「あ、あの……つまり……」

「お連れの神楽坂様に内緒で、身体がすっきりするお手伝い、私にやらせていただけませんか？」

「それって……っ」

なおも続きを口にできない浩人に代わって、楓がはしたなく告げた。

「浩人様のおち×ちん、気持ちよくして差し上げたいんです。それとも、こんな年増はお嫌でしょうか？」

「！」

いきなり名前で呼ばれ、淫語まで聞かされた衝撃は、童貞の浩人にとって絶大だった。理性も良識も消し飛んで、

「お、おお……っ……！　いえっ、お願いします……！　俺っ、今のままだとつらいんです……っ！」

彼はとうとう身を乗り出しながら、恥も外聞もなく、せがんでしまった。

「……では、始めますね？」

座卓に座った浩人の正面で、楓は畳へ両膝を付き、薄く微笑んだ。

すでに彼女も着物の帯を解いて、上品だった衣装の合わせ目を前へ垂らしている。

その媚態は、もはや色っぽいなんて表現ですら足りず、舌なめずりせんばかりの眼差しときたら、獲物を前にしたネコ科の動物そっくりだ。

一方、生唾を飲む浩人の脚にも、脱げかけだった海パンとサポーターは残っていない。二つ揃って、床で丸まっている。

「は、はい……女将さん……っ」

ぎこちなく頷けば、すかさず囁（ささや）き声で訂正だ。

「今だけは……名前で呼んでくれませんか？」

「っ……わかりましたっ、楓さんっ」

「ふふっ、ありがとうございます……浩人さん」

「う、く……っ！」

さっき以上に甘ったるく呼ばれ、浩人はそそり立つ肉幹を、ギュッと硬くしてしまった。そのせいでもどかしさも倍増し、鈴口から新たな我慢汁が滲み出る。

それを見て、楓は着物の襟元へ両手の指を差し入れた。

「浩人さん……信じてくださいね？　私、誰にでもこんなことをするわけではないんですよ？」

蠱惑的な訴えに続き、着物の陰でファスナーの開く音がした。それから着物の前面が、下着である長襦袢とセットで開かれる。

——いや。

楓がどけたのは、和服用ブラジャーも含めてだった。たった今、音を立てたファスナーは、ブラジャーの正面に縫い付けられていたものらしい。

これで邪魔な布地はすべて左右へどけられて、昼に浩人の注意を引いた乳房は、二つとも根元から披露された。

「う、ぁっ……」

熟れたスイカを並べたみたいな特大サイズは、巨乳というより、爆乳と呼ぶべきだろう。童貞の浩人がちょっと見ても、すこぶる重そうだとわかる。

ただし膨らみは、柔らかさも際立った。着物の端が少し当たっただけで、手招きするようにフニフニ揺れたのだ。

その頂で、茶色がかった乳輪はやや大きく、乳首も尖りかけている。

室内が暗いままなので、浩人は鼻息荒く、楓を凝視してしまった。

すると、彼女は不躾な視線を避けるように、着物の前を重ね直す。

「あ……」

「ふふ、恥ずかしいっ……。私の胸、だらしないでしょう？　着物を着るには大きすぎて、いつも困っているんです……」

「そ、そんなことないですっ。すごく、綺麗ですよっ！」

「そうですか……？　ありがとうございます、浩人さん」

こういう駆け引きも、男を惑わすテクニックかもしれない。

ともあれ、楓は布地をまたどかし、爆乳を披露してくれた。しかも両手を丸みの下に添えて、たくし上げるように掻き分ける。

「……この胸、気に入ってくださったんですね？　でしたらぜひ、あなたのために使わせてくださいな？」

「っていうと……」

「私、おち×ちんを挟んで、いっぱい扱きます」

要するに、彼女がやろうとしているのはパイズリだ。

そうとわかった瞬間、浩人は返事すら簡単にはできなくなった。何度も喉を喘がせた末、やっと呻き声を漏らす。

「お、お願い……します……っ」

「では、後ろに手をついてくれますか？」

「ぁ……こう、ですか？」

言われたとおり、浩人は手のひらを座卓へ置いて、上体を後ろへ反らした。ついでに脚も広げ、楓が座るための場所を作る。

「ええ……。それぐらいの体勢が、ちょうどいいと思います」

彼の鯱張った態度と逆に、楓は滑らかな動きですり寄ってきた。胸を差し出し、深い谷間に肉幹を迎え入れ、そこで両手を左右へスライドだ。

来る！　と浩人も緊張を通り越して、慄くような心地を抱いた。

直後に綺麗だった乳肉がキュッと圧され、縦長に潰れる。曲線は硬いペニス相手にしっかり形を合わせ、温もりと、薄っすら浮いた汗の湿りも存分に伝えてきた。

「く、ぅうぅっ！」

浩人は早くも体勢を崩しかけ、自身を支える手に力を籠めた。

その反応を目と胸で確かめて、楓も満足げに口角を上げる。

「どうやら、感じていただけたみたいですね？」

そう聞きながら、彼女は返事も待たずに胸を使いだす。

まずは手のひらの力を弱めてから強める動き方だ。弱め、強め、弱めて、強める——。

それだけで乳房の変形は止まらなくなって、ご馳走を咀嚼（そしゃく）するみたいにムニュムニュたわんだ。元の形へ戻りかけたところで、また歪むから、竿に当たる面積も、連続で減ったり増えたり変化する。

「は、くっ、ぅうぅっ……」

くすぐったさを数十倍に強めたような感覚に、浩人は全身が強張った。

ただでさえ、変な湯のせいで感度が上がっているのだ。先走り汁もどんどん揉み出され、鈴口周りを光らせる。のみならず、きめ細やかな楓の肌まで、無遠慮に汚しはじめる。

「……浩人さんのこのおツユ、さっきの精液の残りが混じっていますね。素敵な匂い、していますよ……っ」

「う、くっ⁉」

楓は丁寧な口調で、浩人の気持ちを掻き乱した。さらに味まで確かめるように、鈴口をペロッとねぶる。

「ふ、ぎっ⁉」

突き抜ける痺れに、浩人は情けない声をあげてしまった。

その強張りが解けないうちに、舌も二度、三度と牡粘膜を転がしてくる。細かなザラつきが並ぶ表面は、さながら性感を磨いていくヤスリで、浩人も急所を舐め転がされるたび、ビクッビクッと身が竦(すく)む。

とはいえ、亀頭もすでにヌメりでコーティングされているから、もたらされる痺れは、ややサディスティックな反面、蠱惑的にねちっこかった。まるで火花が弾けるみたいに、パッ、パッ、パッ、と牡の性感を焦(こ)がすのだ。

「んふっ……やっぱり精液も混じっています……美味しい……」

言いながら、楓は早々と次の動きへ移る。今度は寄せたままのバストを左右へ傾けはじめた。

亀頭の位置がずれたため、舌は離れてしまうものの、代わりに爆乳と肉幹の擦れ合う面積が増えた。乳肉は亀頭も竿も無差別になぞり、張り出すエラも蕩かさんばかりに捏ね回す。

「お、う、ぅううっ……!?」

「ぁふふっ……浩人さんたら、可愛い反応っ……」

と、この動きすら、ほどなく変化する。

楓は右のバストをズリズリ持ち上げながら、左のバストをペニスの根元へ押し付けた——と思ったときにはもう、左のバストが亀頭へ迫り、右のバストが下向きに滑っている。

両側で正反対となった奉仕の向きに、浩人もどっちへ意識を傾けていいのかわからなかった。カリ首が疼く。竿がくすぐったい。

きっと、彼女は浩人が想像する以上に、多彩なやり方を心得ているのだ。

「楓さんっ……そ、その動き方は……俺っ!?」

「あら？ お好きになれませんか？」

尋ねる声にも、余裕を感じさせる笑みが含まれていた。

これでいっそう、浩人は己がやられっ放しなのを実感させられる。

「い、いえっ……逆ですっ。俺、気持ちよくて……またイクかもっ、しれませんっ……！」

切れ切れに呼びかけると、返事も妖艶さを増す。

「でしたら、我慢しなくていいんですよ？　精子を出さなければ、縁結びの湯で温まった身体は、すっきりしませんもの。でも……これだけだと、時間がかかってしまいますよね？」

「うぁっ……えっ？」

浩人が慌てて構えた途端、パイズリの仕方が、また変わった。

今度は一際大胆に、楓は膨らみ二つを揃えて持ち上げる。エラの全周囲を下から捲り、神経の突っ張りそうな衝撃を一度に練り込んできた。

「く、ぅうっ!?」

優しめの動きにすら翻弄されっぱなしだった浩人だから、座卓の上で肘が折れかける。

しかも、彼が首を竦ませるうちに、楓は両手の圧力まで強めてしまった。

手のひらが来ていたのは、ちょうど亀頭の高さだ。それがたわんだ乳肉越しに、牡粘膜の塊を揉みしだく。

「あ、くっ……楓さんっ……それっ、ヤバいですっ！　俺っ……俺っ、チ×コが……！」

浩人は言葉を選ぶ余裕さえ持てない。

だが、この訴えで楓はいよいよ発奮したらしい。

「ん、ふふっ……これでヤバいだなんて、浩人さんはせっかちですね……っ？」

「えっ……ど、どういう意味ですかっ⁉」

聞き返したところで、乳房が二つ、急降下した。手も締められたままだから、圧力はパイズリが始まってから最も強い。ツルツルになるほど張り詰めた牡粘膜の上で、速度を増し、エラへかぶさり、竿を扱いた。

「お、おぉおおうっ⁉」

特大のバストだけに、楓がその気になれば、かかる重みだってすごい。

カリ首はもはや、土砂降りで打たれた傘さながらに壊れそうで、しかも下へ手繰られた竿の皮といっしょに、長々と引き延ばされていく。

乳房は陰毛の生え際へぶつかって、そこから休みなしの行き来となった。ペニスにとって一番効果的な、扱く動きが始まったのだ。

「つ、ぁ、楓さん……ま、待って……待ってくださ……っ！」

「いいえ、待ちません……っ。浩人さんっ……遠慮なさらず、イッてください……！」

声色こそ優しいものの、楓は選択肢を与えてくれない。もはや、バストも歪みっぱなしで痛々しいほどだが、愛撫はどんどんヒートアップして、亀頭やエラを弄ぶ。柔肉が登りきったときなんて、鈴口まで完全に包み、女体の温もりで蒸してきた。自分の胸は、牡肉を愛でるためにあると言わんばかりの熱心さだ。

当然、浩人を襲う愉悦は強まりつづけ、股間から全身へ行き渡った。ひりつくような汗を、あとからあとから浮き上がらせた。

しかも、位置を固定した亀頭へ、またも楓の舌先が迫る。

今度は爆乳が下がるタイミングで、入れ替わりに鈴口を打ち据えて、滲む傍から我慢汁を啜り取った。

二回、三回、五回、十回——口淫はさっきより長く続けられ、牡粘膜を徹底的に責め立てる。

「か、楓さんっ……俺、俺っ、ほんとっ、イキそうですっ……う、ぅうっ！」

のぼせた声で浩人が告げれば、楓も顔を浮かせてせがんできた。

「はいっ、イッてください……！　私っ……あなたの精液を浴びせてほしいんですっ……！　精液の熱さ……をっ……私に思い出させてくださいぃっ……！」

甲高い彼女の口調が、浩人の胸を燃え立たせる。

結集していたザーメンも尿道を割りかけて、切迫感が膨らんだところで、律動の速さがまた上がった。

爆乳は跳ねて、弾んで、バウンドして、頂点と思われた牡の愉悦をたやすく塗り替える。

「ぅあおっ、おっ、ぁおおおうっ！　で、出るぅううっ!?」

浩人は暗い天井を振り仰ぎ、至上の開放感へ心身を委ねた。

続く射精は想定以上の勢いだ。肉竿はふくよかな包囲を振りほどかんばかりに痙攣し、外へ顔を覗かせていた鈴口も、間欠泉さながらにドクドクッとザーメンをぶちまける。

「んっ、ぷぷあっ!?」

楓も初めて、悲鳴じみた声を漏らした。

コッテリした汚濁はその胸を汚し、一部が顎へもへばりつく。特に顎まで飛んだ分は、太く糸を引きながら垂れさがって、紅潮していた美貌に、ごまかしようのないあられもなさを付け加える。

とはいえ楓はすぐ、口調を悦び混じりのものへ戻した。

「ぁぁ……素敵です……っ！　熱くて……ネバネバで……っ、私……こんなの久しぶりぃっ……！」

それどころか、大きく息を吸って、精子の生臭さを肺へ取り込む。

浩人も達した急所を抱かれつづけ、上乗せの喜悦にわななかされた。

そんな余韻のあと、爆乳がゆっくり離れれば、大きいままの肉杭が、何本もの糸を引きながら現れる。

「ほ、ふっ……」

射精とはまた違う開放感に、浩人は喉を鳴らした。突っ張っていた手足も、自然と弛緩(しかん)した。

とはいえペニスは小さくなる気配がなく、むしろ脈打つたびにこそばゆさが通りすぎる。

そこへ楓の質問がきた。

「浩人さん……私の胸、ご満足いただけましたか？」

彼女は今も着物の前をはだけさせ、潤み混じりの輝きを瞳に宿す。唇は男心をくすぐる半開きだ。

勃起中にこんな艶姿を見せられたら、情欲は鎮まるどころか、いよいよ昂った。

浩人は座卓から飛び降り、楓へ飛びかかる。

「つっ、駄目ですっ……俺、まだ足りませんっ！」

「あ、えっ！　きゃっ……！　待ってっ⁉」

叫ぶ彼女を畳へ押し倒し、さっきまで自分を玩具にしていた巨乳を、火照る胸板で押しつぶす。汗で湿ったショーツへは、粘液まみれの特大ペニスを擦りつける。

「続きをっ……！　続きっ、もっとやってくださいっ！」

動物めいた声を投げかけると、楓はビクッと震えてから、抵抗しかけの動きを止めてくれた。それどころか、浩人の後頭部を甘やかすように撫でだした。

「わかりました、いいですよ……っ、次は私のおマ×コ……使ってみますか……？」

「っ……！」

今度は浩人が痙攣させられる番だ。

自分から迫ったばかりのくせに、いざ童貞卒業となると、気後れしかける——。

もっとも、驚きからは一瞬で抜け出す。

「俺っ……俺っ！　使いたいですっ！」

とっくに振り切れたはずの浩人の欲望は、さらにぐんぐん肥大化し始めた。

楓が穿いていた下着は、美貌にそぐわぬ地味なものだった。色は白で伸縮性が高く、脚の付け根や尻周りにぴったり張り付いている。

もしかしたらブラジャーと同じで、これも和装専用なのかもしれない。

ともあれ、浩人はそれを、股間部から力ずくで引きずり下ろした。

次の瞬間、楓の陰唇が出てきて、さっそく呻いてしまう。淡い明かりだけが頼りだし、まだ詳しく形を確かめられたわけではないものの、湿った匂いが格段に強まったのだ。

そういえば、秘所の匂いはチーズと似ていると、前に聞いたことがある。確かに牡の本能へ働きかけてくる、媚薬同然の生々しさだった。

彼が動揺を隠してさらに手を使えば、ショーツはむっちりした太腿の上を通過して、ふくらはぎからも抜けていく。

さらに両足首と離れた下着を、浩人は自分の脇へ置いた。

すでに意識は、人肌で温められた布切れではなく、割れ目へ戻っている。

いよいよなんだ、と見据えれば、陰唇は周囲の黒い毛が綺麗な形に整えられて、形がそれなりにわかりやすかった。

ほのかな盛り上がりの大陰唇は、ヌルつくだけでなく、左右へいやらしく綻んでいる。その間から貝の舌さながらはみ出すのが、二枚の小陰唇だろう。

肉ビラの形は少々しどけなく、色も闇に溶け込むようで、女将然とした昼の振る舞いとはアンバランスだ。

しかし、そのギャップも、楓がありのままを晒してくれたからこそだった。

浩人は小陰唇のヒクつきを目に焼き付けつつ、彼女の両膝を摑んで左右へどける。

「ぁン……っ」

はしたない姿勢を強制されても、楓はまったく抵抗しない。唯々諾々とM字開脚になり、女性器をいっそう無防備にする。

「楓さんっ、それじゃっ……入れます……っ！」

浩人も鼻息荒く、屹立したペニスに右手を移した。

ザーメン塗れの亀頭を陰唇へ寄せていけば、接する前から女体の火照りがわかる。まして、直に触れるや――グチュリッ！

「くっ！」

火傷しそうな淫熱に、牡粘膜を温められた。加えて、隠れていた媚肉の柔らかさも思い知る。こうして切っ先を押しつけながら、自ら竿を扱きたくなるほど魅力的だ。

一方で小陰唇が左右へ広がるため、膣口近くまでの狙いはつけやすく、まるで言葉以外でも手ほどきされている気がした。

「は、んふっ！」

楓の息遣いも、どこか愉しそうに響く。四肢を強張らせてはいるものの、浩人よりずっとゆとりがありそうだ。

「楓さんっ！」

気が逸る浩人は、膣口へ入りやすい角度を探そうと、亀頭を上下へずらしはじめた。しかし、鈴口が擦れて、腰から力が抜けてしまう。急いで踏ん張れば、今度は怒張を変な具合に突き出しかける。

「う、おっ!?」

慌てて下半身を固め直して、亀頭がずれるのを防いだ。

そんな彼を、楓は甘い声音で励ましてくれる。

「どうぞ落ち着いて、浩人さん……私はちゃんとここにいます……っ」

「は、はいっ……」

「誰だって、初めてのときがあるんです。みんな、みぃんな、いっしょなんですよ？」

「っ……」

彼女の声はまるで、子守唄か催眠術だ。

浩人も気持ちがどうにか安定し、その上でもう一度、ペニスを行き来させられた。

——と、今度こそ吸い付くような穴の縁へ、亀頭が引っかかった。

「おっ……」

「ええっ……そこ……ですよ……」

「はいっ！　俺、わかりますっ！」

緊張よりもやる気が高まって、浩人は腰を押し出した。

刹那、楓の肉穴が大きく広がり、男根をズブズブ呑み込みはじめる。

「う、おぉうっ!?」

成熟した膣内には、しっとりした柔軟さがあり、勃起しきったペニスも優しく受け入れてくれた。

とはいえ、開くのはカリ首の幅までだ。割り込んだ亀頭へは、居並ぶ濡れ襞がみっちり擦りつけられる。

こんな小さな場所から朋が生まれたなんて、とても信じられない。

それに貫かれて楓があげたのだって、苦悶とも歓喜ともつかない、甲高い喘ぎ声だった。

「ふぁっ、は、はぅうふっ！　浩人さんのおち×ちんっ、ふ、太いぃいっ！」

彼女は着物の上で、背筋まで反らしている。

「す、すみませんっ……っ、楓さん……っ！　俺っ、乱暴すぎましたっ！」

浩人が思わずブレーキをかけると、彼女は強張りを緩め、上気した目線を投げかけてきた。

その間にも、牝襞は張り詰めた亀頭を妖しくなぞる。疼きは籠った熱といっしょになって、牡粘膜内部まで浸透だ。

「あっ……ふっ、初めての方が相手のときは、もっと丁寧なやり方がいいと思います……っ。でもっ、私なら乱暴にされても大丈夫ですよっ……どうぞ、神楽坂様となさるときのため……私を好きなだけ、練習台にしてください……」

「は……っ」

とっさに「はいっ」と言いかけた浩人だが、寸前で返事を飲み下した。ここで頷くのは失礼だと、沸騰した頭でもいちおう、わかる。

代わりに、意気込みを抱いて頼んだ。

「じゃあっ……楓さんが気持ちいいと思える動き方っ、教えてくださいっ……！　俺っ、あなたにたくさん感じてほしいですっ……！」

「えっ……」

楓は目を見開いて息を飲む。それからギクシャク口元を緩めた。

「では……ええっ……入れられるところまで、おち×ちんを進めてくださいっ……私の中を全部っ、あなたで満たしてっ……くださいっ」

「了解……ですっ……！」

浩人は本格的な前進へ取りかかった。直後から、性器と性器がまた擦れだす。

今度は意識して速さを落としたものの、疼きはやっぱり鮮烈だった。むしろ、時間をかけてねっとりと、官能神経へ練り込まれるようになる。

そもそも、牝襞と触れ合う面積は広がる一方で、狭い中にいたら、気持ちをよそへ逸らせられない。

のしかかられた楓も、異物感を噛みしめるように、よがり声を引き伸ばしていた。

「は、ぁっ……ぁああうっ……お、大きいぃいっ……！」

口と逆に目は閉ざし、赤らんだ額も頬も汗で濡らす。

何しろ、亀頭だけが粘膜剝き出しの肉棒と違い、ヴァギナは牡肉に磨かれる場所すべてが、痺れの源だ。経験豊富で、刺激を受け止められる身体に仕上がっているからこそ、かえって快感に弱いのだろう。

彼女は抉られるがまま、豊満な女体をビクンビクンと震わせた。爆乳も着物の間で、小刻みに揺れている。

やがて、亀頭が終点へぶつかれば、

「ゃはぁあうっ！」

「ぅくぐぅうっ！」

楓だけでなく、浩人も雷で打たれたように、全身が強張った。

待ち構えていた最深部の肉壁は、過度の弾力を発揮して、鈴口をひしゃげさせんばかりに押し返してくる。ひたすら撫で回されたあとでこれだから、下半身が砕けそうだ。

新たな汗に毛穴をこじ開けられる気分まで味わいながら、浩人はなんとか尋ねた。

「つ、うっ……楓、さんっ……ここがっ、ゴール……なんですよねっ⁉」

「はい……浩人さんっ……おち×ちん、最後まで届きました……っ」

楓も瞼をゆるゆる開き、結合を堪能するように息を吐く。続けて、また性のアドバイスだ。

「ではっ……次にっ……おち×ちんを入れたまま……腰全体で円を描いてください

「ぁ、とっ……こ……こう、ですか……っ」

言われたとおり、浩人はペニスを使いだす。そのやり方は未だ不器用だが、上から右、右から下へ、粘膜同士を順繰りに擦り合わせた。すると肉悦も、時計回りで強まりだす。

亀頭は横向きに磨かれていき、カリ首も高温のうねりで受け止められた。のみならず、裏筋が絡め取られ、竿の上では皮膚のふやけそうなこそばゆさが増幅だ。

さらに楓は誉め言葉で、やる気を高めてくれる。

「……そうです……ぁあんっ、浩人さんっ、上手、です……ぅっ。このまま……私の身体っ、中から広げて……んふぁぁあ……っ！」

「は、ぅ、おぅぅっ……！」

やっていくうち、浩人の腰遣いもお世辞抜きでスムーズになってくる。となればエラで、より過激に肉壁をほじれた。

これを頃合いと見たか、楓から次の指示が出る。

「では、おち×ちんを……ゆっくり引いてみてください……！」

「……はいっ！　やりますっ！」

ついに律動めいた動き方へ挑戦だ。

浩人も力強く頷いて、ペニスをバックさせた。

途端に矢の返しじみたエラの張り出しへ、襞がウネウネ引っかかる。神経は火を噴きそうに熱く、亀頭も奥寄りの襞にしつこく捏ねくられた。

しかも、速度が挿入時とほぼ同じだから、引いた分だけ、喜悦が溜め込まれる。

「お、おぉうぅうっ！」

「は、ぁあんっ……そうっ、そぉっ、そのままっ……ぁはぅぅんっ！」

煽情的な楓の喘ぎが、腰遣いの淫らなＢＧＭだった。さらにペニスが抜けきる寸前まで来ると、彼女はいっそう声を張り上げる。

「さぁっ……一気にっ！　入れてぇえええっ！」

「は、ぐいっ！」

浩人も鼓膜を打たれた弾みで、考えるより先に突貫していく。

この荒々しさに、亀頭も忙しないほど、牝襞とじゃれ合った。しかも仕上げが奥の肉壁との衝突だから、疼きで頭の中を空っぽにされかける。

だが、楓の反応ならば、鮮明に感じ取れた。

「んふあっ！　は、ぁああっ！　深いのぉおっ！　おち×ちんがっ、かひっ、か、硬いぃいいっ！」

彼女は明らかに宴会場の外まで飛び出す大音声を吐き、下の着物が皺になるほど、肢体を激しく捩っている。

脚も大股開きで痙攣し、両手はギュッと握られた。

だが、その強張りの解けないうちから、さらなる指導がぶちまけられる。

「今の動きっ、繰り返して……くださいっ！　き、気持ちいいっ、のぉおっ！　もっと、もっとぉおっ！」

「わかり……ましたっ！」

急かされた浩人も、また下がった。亀頭が外へ差しかかったところで方向転換し、膣奥まで再度、穿ち抜く。

「くぁおっ！　う、うぅううっ！」

「ひあはぁうっ！　あぁああんっ、すごいですぅっ！　ゴリゴリっ、当たるぅううっ！」

あとは楓から立ち上る発情の匂いを嗅ぎながら、青年は本格的なピストンを始めた。

バックしてから前進し、後退し、また突貫だ。

最初の数回は助言どおり、ゆっくり下がって、強く押すテンポを守った。しかし繰り返すにつれ、頭へ血が上る。行きも戻りも速度が上がっていく。

楓もそれを歓迎し、突っ張る腰を不格好に波打たせた。

「はぁあうっ！　ぃひぁああっ！　ひ、浩人さんっ、私っ……ここまで感じてしまうなんてっ、思っていなくてぇえっ！　おかしくっ、なっちゃうぅううっ!?」

「駄目でしたかっ!?」

「違うのっ、違うのぉっ！　意地悪言わないでっ、どんどん繰り返してくださいぃいっ！」

「じゃあっ、これでっ、どうですかっ!?」

ジュブッ、ズブッ、グプッ、ズブッブッ！

最初の円運動を応用し、突っ込む角度を斜めに変えてみても、二人の腰遣いはカッチリ嚙み合った。愛液と我慢汁、子種の残滓が混ざる音はハレンチ極まりなく、浩人は牡肉の側面が焦げんばかりにきつく痺れる。

――と、楓が思い出したように言葉を捻りだした。

「浩人さんっ、おち×ちんっ、おち×ちんをっ……短い動き方でも使ってみてくださいぃいっ！　奥をっ、何度も何度もっ、叩くみたいにっ、し、してぇえっ！」

「は、はいっ！　しますっ！　しますよっ!?」

彼女は愉悦へ溺れながらも、経験を積ませようとしてくれる。

これに感謝し、浩人も汗だくとなりながら、鈴口を夢中で叩きつけた。

結果、亀頭で爆ぜる疼きがいちだんと過激になる。一発目の衝撃が薄れる前から、二発目、三発目と積み上がりだす。

しかし頑張った分、楓も悦んだ。

「ぁあぁっ！　いいっ、いいですぅううっ！　浩人さんの若いおち×ちんっ、力がっ、っ、強いのぉっ！　んぁはっ！　はっ、あぁあぁふっ！」

身体の揺れが小刻みとなった彼女は、随喜の声にビブラートをかける。のみならず、爆乳のダンスでも、浩人の目を愉しませた。

思い余った浩人は自分の意思で、膨らみ二つを鷲摑みにする。

「ぅあひっ⁉」

楓の悲鳴に聞きほれながら、十本の指を触手さながら、柔肌へ絡みつかせた。

ふくよかな丸みの大部分を押さえれば、手ごたえは思った以上に重たい。表面では、残った精液が汗と混じりながらベタついている。

とはいえ、大きな膨らみのすべてを捕まえるのは難しく、戒めを逃れた部分はなおも波打って、誘うように乳首の位置を変えた。

となれば、次はその頂も弄りたい。

浩人は母乳を搾り出すように乳肉を圧迫し、いっそう突き出た二つの乳首を親指と人差し指の先で捻り上げた。

「あっ、やっ、それは……っ！　ぃっ、ひぅうっ⁉」

まるで刺激で釣られたように、楓が喉を反らす。続けて髪留めの紐を振り払うように、首を横へ振りはじめる。

「こっちも、してっ……いいっ、ですかっ⁉」

浩人が事後承諾を取ろうとピストンのリズムで問えば、彼女はムチムチの太腿に力を入れて、

「ふぁああっ！　ひ、はひぃいいんっ！　してくださいぃいっ！　私の身体っ、い、いやらしいからぁあっ……乱暴にされるとっ、嬉しくなってしまうんっ、ですぅううっ！　苛めてくださいっ！　つねってっ、引っ張ってぇええっ⁉」

期待以上の言質を取れて、浩人もバスト嬲りへ身を入れた。膨らみを縦長に伸ばしつつ、乳首は求められた以上に弄り倒した。

転がし、弾き、上から押してと、やり口自体は欲望任せだが、それだけにいろいろと試せる。一度は自分を絶頂まで追いやった膨らみへ反撃できるのも、すこぶる痛快

だ。

調子づいた彼は、短いストロークが続いたペニスのリズムを、長い動きへ立ち返らせた。ただし速度は上げたまま、入り口から奥までの襞をすべて、カリ首で引っ掻き回す。やり返そうと迫ってくるうねりを、膨らむ亀頭で押しのける。

「んふぁあぁあっ！　ひぃいいっ！　あっ、あっ、私の中っ、捲れちゃうぅううっ！　壊れるぅううんっ!?」

裏返った楓の声は、まるで自分の本質がマゾだと白状するようだ。

とはいえ肉竿の根元へも三発目の精液がたっぷり詰まり、それが動く向きを変えるたび、何度も噴き上がりそうになっている。

浩人は快感だけでなく、焦燥もうなぎ上りだった。

「楓さんっ……楓さんっ、俺っ……またイキそうですっ！　楓さんの中でっ、出そうっ、ですっ……！」

教えれば、すかさず楓が下半身を波打たせて喚く。

「待ってっ！　待ってぇえっ……浩人さぁんっ！」

「中じゃっ、駄目ですかっ!?」

「違うのっ、わ、私もっ、もうすぐイキそうなんですぅっ！　あっ、やっ、はぁああんっ！　も、もう少しっ、どうかもう少しだけっ……続けてっ、ください……ぃいひっ！　ひぁううんっ！　おマ×コ抉ってぇぇぇっ!?」

ここまで言われたら、浩人も期待に応えるしかなかった。

「俺っ、頑張りますっ！」

彼はほとんど呼吸を止めて、ラストスパートの腰遣いに徹した。汗を前後へ散らしながら、ときに円運動でも襞を押しのける。

「イッ……てくださいっ！　イッてくださいっ、イッてくださいぃっ！　楓っ、さぁああんっ！」

「ぁあああっ！　イクッ、イキますっ！　私っ、イッちゃうのぉおおっ！　浩人さんのおチ×ポでぇえっ、イカされちゃうぅうぅんあああっ!?」

浩人の叫びを復唱するように、楓も淫語を連呼した。のみならず、無意識のように腰を傾けて、ペニスへかかる圧力を格段に強める。

「く、おっ、ぁあおぉおっ！」

浩人の目の前へ星が散る。しかしとどめに、渾身の突きをねじ入れた。あとは子宮口を壊さんばかりの獰猛さで、終点をグリグリ抉る。

「イッてっ、イッてくださいっ！　楓さんっ、楓さぁあんっ！」

これが牡肉を一際疼かせて、射精の引き金となった。

濁流と化したスペルマはペニスを突っ切り、鈴口でも凶暴な法悦を荒れ狂わせる。

「おっ……ぅうぅあぁあっ!?」

浩人は咆哮と共に、美人女将の胎内へ、己の子種を解き放った。

しかし、この悪あがきがきっちり効いて、楓も絶頂へ駆け上る。背筋をえび反らせ、乳房を浩人の手へ押し付けながら、彼女はアクメのよがり声を絞り出した。

「ひあっ、ぅひあああおっ！　イクッ、私っ、イクぅううあぁあああっ！　はっ、やっ、んぁはぁああああぁぁあああーーーーーーーーーーっ！」

さらに本気で達した証のように、膣壁でペニスをギュウギュウ締めてくる。

「お、おぉおおっ!?」

浩人は達している最中の、膨らみきった弱点を搾り上げられて、愉悦がまた一段、跳ね上がった。

堪らず天井を見上げて、ビュブブッ！

竿の底に残っていたスペルマまでも、悶絶中の楓の内へ飛ばしたのであった——。

男根を牝芯から引き抜いてしばらく経つと、浩人の性欲もある程度落ち着いてきた。

まだ肉幹は極太だし、亀頭粘膜はムズつくしで、その気になれば、続きを出来そうだが、あと先考えず扱きたくなる歯がゆさからは抜け出せている。このまま我慢すれば、股間はあと数分でふだんの大きさへ戻るだろう。

一方、楓はまだ起き上がれずにいた。

胸や股間を隠すことさえ忘れたように、ぼんやり天井を見上げ、息遣いもまだ荒い。

「あの……楓さん、俺は……」

何か言わなければいけない気がして、浩人が呼びかけると、彼女は気だるげに微笑み、立てた右手の人差し指を、己の唇に当てた。

「今回のことは、お互いに一夜の夢と思うことにしましょう。あとのことも、気になさらないでください」

「けど、そう言われたって……っ」

簡単には納得できない。その原因が、楓への申し訳なさなのか、他の感情なのかは、よくわからなかった——。

すると楓はノロノロ身を起こし、浩人の唇へもう片方の人差し指をあてがう。

「恋に悩むお客様を応援することが、私の喜びなんです。ですから……そうですね、明日もう一度、神楽坂様と縁結びの湯へお入りになりますか？」

「え……？　いや、あれって何度も使えるんですか？　どんなカップルも一回限定って聞きましたし、その……えらく効きすぎるような……」

「中毒性があるわけではないですから、ご安心ください。ただ……お互いの絆を深めるために大切なのは、身体の繋がりだけではないだろう、と先代が判断したんです」

「……なるほど……」

浩人は曖昧に頷いた。しかし、美咲との関係を考えると、即座には決められない。

彼女の目的は、あくまで湯の効能を体験し、サンプルを得ることのはずだ。それはすでに、両方とも達成されている。

「あいつとも相談してみます」

ひとまず、そう答えると、楓はにっこり微笑んだ。

「はい、いつでもお申し付けくださいね。それから下着の予備がありますので、ご用意いたします」

彼女もだんだん調子が戻ってきたらしい。

まだ髪がほつれ、身体中が汗で濡れているものの、表情は穏やかな女将のものに戻っていた——。

第三章　小悪魔処女との密約

汗と吐精の残滓を大浴場で流し、新しい男物のパンツをもらった浩人は、客室へ戻った。

しかし、ドアを開けようとすると、鍵がかかっている。

「う、お……っ」

ガチッと硬い手ごたえに、嫌な汗が滲んだ。

ひょっとしたら、締め出されたかもしれない。返事も待たずに逃げるなんて軽率すぎたし、いくら美咲が呑気だって怒るだろう。

彼女をほったらかして筆おろししてもらった後ろめたさも、いっしょに肥大化だ。

とはいえ、抑えた音で二度ノックしてみれば、中から美咲の返事が聞こえた。

「浩人君……だよね？」

──よかった。少なくとも、口調は冷静そうだ。

浩人は胸を撫でおろし、小さく呼びかけた。

「ああ、俺だよ。ここを開けてくれるか？」

「んっ……」

意外にも、ドアはすんなり開かれる。とはいえ、美咲は浴衣姿で戸口に立ちながら、もの問いたげな顔付きだった。

浩人も部屋へ入り、すぐに謝る。

「すまん……さっきは悪かったよ」

「……ううん、いいの。その……浩人君は友だちとして、わたしを大事にしてくれたんだよね？」

かぶりを振る美咲が施錠して、室内は再び二人だけの空間となった。

途端に浩人は鼓動が速まりだし、沈黙を避けるために問いかける。

「あ、あのあとさ、美咲は大丈夫だったか？」

「……………浩人君……それ、聞いちゃうの……？」

「え」

「身体が、すごく熱くなってね？　我慢するの、大変だったよ……？　浩人君だって……同じだったんだよね……？」

「……悪い……」

頬を染める美咲へ、浩人も頭を下げるしかない。

しかし一呼吸置いたあと、美咲は小声で付け足してきた。

「……わたしこそ、ごめんね。木花亭へ無理に連れてきたのは、わたしだもん……もう、これ以上、浩人君を困らせないようにするよ……」

それは皮肉ではなく、本心からの言葉らしかった。

目を伏せる彼女を前に、浩人は唸る。

（何やってんだよ、俺は……っ）

こんなザマで、縁結びの湯へもう一度入ろうなんて、誘えるわけがない。

どうしよう、どうしたらいいと棒立ちで考えるうちに、美咲はポツリと告げてきた。

「…………そろそろ、寝よっか？」

「えっ⁉」

一瞬、ギクリとなるが、今のは就寝しようと言われただけだろう。

「そうだよな、うんっ。寝よう寝ようっ」

浩人は頷き、部屋の奥へズカズカ踏み込んだ。

まずは、この気まずさからどうにかしよう。

自信は皆無ながら、心の中で拳（こぶし）を握る彼であった。


翌日、パッと目を開くと、室内はだいぶ明るくなっていた。

しかもいきなり視界へ、美咲の寝顔が飛び込んでくる。

「んぅぅっ!?」

浩人は慌てて、声の出そうな唇を引き締めた。

それから、仰向けだったはずの自分が、横向き寝に変わっていたのだと理解する。

美咲の顔が見えたのも、彼女が鏡合わせみたいな姿勢だったからだ。別々の布団を使っているとはいえ、二人の距離はかなり近い。

（……も、もう朝か）

昨夜は寝付くのに時間がかかった。一方で疲れも溜まっていたらしく、意識が途切れたあとは熟睡だ。

（美咲……）

寝顔を見つづけるなんて失礼とわかっていても、浩人は目を背（そむ）けられない。

――美咲、俺はお前の特別になりたいんだよ。好きだ。この先もずっといっしょにいたい。

頭の中なら、いくらでも言葉が浮かぶのに、実際に告げるとなると、声がまったく出なくなる。

だいたい、楓相手にイッておいて、こんな気持ちを持ちつづける資格があるのだろうか。

そんな後ろ向きな気配が伝わってしまったか、美咲も不意に目を覚ました。

「…………ぁ……」

「お……」

視線と視線がぶつかって、彼女は現状を把握できないように、瞬きを繰り返した。

やがて寝ぼけた頭が働きだしたようで、恥じらうように布団へ顔を埋めてしまう。

「お、おはよ……浩人、君……」

「おう、おはよう……」

「…………」

「…………」

あとは、しばらく沈黙が続く。

「あの……わたし、着替えようかと、思うんだけど……」

「そっかっ。なら、俺はトイレへ引っ込んでるよっ」

「ごめん、ね?」

いつもどおりなら、こんな些細(ささい)な理由で彼女が詫びることはなかっただろう。

だが、違いに気付きつつ、浩人は何も言えない。

結局、朝食の膳が運ばれてきてからも、二人の間に会話はほとんど交わされなかった。

——今のままでは駄目だ。東京へ帰ったら、本当に繋がりが消滅してしまう。

そんな焦燥は時間が経つにつれて膨らんで、浩人は空になった膳が下げられたあと、思いきって美咲を誘ってみた。

「なあ、せっかくだし、ちょっと散歩に出ないか? 元々、二日目はのんびり過ごす予定だったんだ。庭のほうを回って、もし行けるなら裏の林へも足を延ばしてさ」

「うん……そうしよっか」

美咲も沈黙がきつかったらしく、ホッとしたように賛成した。だが、ふと首を捻る。

「熊とか、出ないかな……?」

「え? まあ、山まで行くんじゃないし、大丈夫だろ? かえ……で、いや、女将さんに聞けばいいよ」

「今……女将さんのこと、名前で呼びかけた？」

「べ、別にそんなことないってっ。とにかくロビーへ行ってみよう！」

浩人はごまかしながら立ち上がった。

幸い、深く追及されることはない。

「あの……わたし……準備でちょっと時間、かかっちゃうと思うから……」

「じゃあ、俺は先に行って待ってるよ」

「うん」

美咲ははっきり頷いてくれて、ようやく関係を修復するチャンスが巡ってきた。

ロビーへは、美咲より先に、別の人物が現れたのである。

――と、このときは思えたのだが。

「あっれー？　お兄さん一人ですか？　一人ですよねぇ？」

浩人がソファに座っていると、見覚えのある少女が声をかけてきた。

小柄で、細身で、ただし日焼けしかけの顔や手足には、若い生気が漲（みなぎ）っている。

見た目は幼げながらも、年齢不詳の彼女――。

「……ああ、おはよう。宮野朋さん……だったよな」

ソワソワしていた浩人も、相手が女将の娘とわかって、自然な挨拶を心がけた。断じて、昨日のことを悟られるわけにはいかない。

これを受け、朋はオーバーなぐらい大きくお辞儀だ。

「はーい、おはよーございまーすっ」

声を弾ませたあと、跳ねるように姿勢を戻す。

「あたしのことは、朋って呼び捨てでいいですよ。お兄さんのほうが年上ですもんっ」

その態度は、昨日と変わらずフレンドリーで、むしろいちだんとハイテンションに見える。

しかも、ソファまで駆けよってくると、浩人の隣にピョンッと腰を落とした。気安さたるや、ショートパンツから伸びる生足が触れかねないほどだ。

「あ、とっ……俺に何か用？」

浩人が心持ち身を引きながら聞けば、朋は好奇心も露に見上げてきた。

「ええ、質問なんですっ。お兄さんたちって、どこから来たんですか？　雰囲気からいって、都会の人っぽいですけどっ」

「え？　あ？　東京だけど？」

「大学生ですか？」

「まあ……そんなところ、かな」

途端に歓声じみた大きな声だ。

「その歯切れの悪さ、ひょっとして浪人生でした？　社会人って感じじゃないですもんねっ？」

この遠慮なさに、浩人も少し腹が立った。

「俺は確かに浪人だけどさっ。あんまりデカい声で言わないでくれるか？」

「あはは、ごめんなさいっ。でも、あたしも来年受験なんです。これはもう、お仲間と言えるんじゃないでしょーかっ。というわけで、お兄さんたちの名前も教えてくださいよっ」

「……俺は工藤浩人だよ。いっしょに来たのは、神楽坂美咲だ。で、何か用なのか？もうすぐ連れが来るんだけどさ？」

邪険に接したくはないが、といって二人きりのところを美咲に見られたくもない。

すると、朋はニンマリ笑い、ショートパンツのポケットへ手を突っ込んだ。

「実は、見てほしいものがあるんですよー。これこれ、これなんですけどねっ？」

浩人の鼻先に差し出されたのは、犬の絵のカバーが付いたスマホだった。それがポンポンと軽快にタップされる。

「え……、ええっ!?」

出てきた動画に、浩人は息を飲んだ。

画面はほとんど真っ黒に近く、音声もミュートに設定されている。だが、撮られた場所が照明を落とした木花亭の宴会場なのはわかった。

しかも浴衣姿の自分が、着物を乱した女性へのしかかり、がむしゃらに腰を使っている――。

どう考えても、昨夜の場面だ。

「ど、どうしてっ、これをっ！　え、うえええっ!?」

「あー……」

パニックへ陥る浩人に、朋も若干引いた様子だった。しかし一拍後には、笑みをいっそう大きく変える。

「これは内緒なんですけどね？　あたし、たまーに宿の大浴場を使わせてもらってるんです。家のお風呂よりずっとおっきいですからねー。で、昨日もそうしようとしたら……」

「俺たちの声が聞こえた……とか？」

「ピンポーン。で、襖を開けて、こっそり撮影しちゃいました。ま、こんな話をロビーで続けるのもなんですし？　ちょっと庭のほうへ回りません？」

「うっ……」

逡巡する浩人だが、もうすぐ来る美咲を残してはいけない。

「……言っただろ。俺は連れを待ってんだよ。話は……あとで聞く」

それは精一杯の強がりだった。しかし、朋も思わせぶりに声を潜める。

「こんな話、彼女さんの前じゃできないですよね？」

「お前、何が目的なんだよっ!?」

「それも追々と。彼女さんのほうは、置き手紙を残しておけば、待ちぼうけになりませんって」

朋はソファの横にある台から、メモ帳の紙を一枚破り取った。

さらにペンと揃いで差し出してくる――。

浩人もそれを、苦渋の思いで手に取るしかなかった。

木花亭の庭がどんなところかは、昨日も建物内を回る途中、窓越しに見ていた。背の低い木々が枝を整えられ、片隅に小さな池も掘られて、ひなびた雰囲気ながら、風情がある一角だ。

とはいえ、意図が不明の脅迫をされていたら、視線を巡らす余裕なんて持てない。

朋も景色を鑑賞させるつもりなどないらしく、意外と速い足取りで、そこを通り抜けた。

すると行く手に一つの分かれ道だ。片方は散策用らしく、カーブを描きながら裏の林へ伸びていた。もう片方は宮野家の敷地へ通じるのか、胸ぐらいの高さの庭木戸が付いている。

朋は後者を選び、庭木戸の奥へ浩人を招き入れた。

「こっから先は、お客さん用じゃないんですよ。なので、彼女さんに見つかる心配もありません。じゃあ、行きましょっか」

そう言って庭木戸を閉め直し、また歩きだす。今度は歩調が落ち着いて、ロビーで見せたノリのおしゃべりも再開された。

「実はあたし、この宿の環境にちょーっと抵抗があるんですよ。だって山あいで娯楽は少ないし、お客さんといえば訳ありの恋人とか夫婦ばっかりだしっ」

「…………へえ」

浩人が仏頂面（ぶっちょうづら）なのは、軽くスルーする彼女だ。

「で、夜になると、たいていのお客さんは例のお風呂を使って、アレとかソレとかするために部屋へ引っ込むわけです。でもときどきは、ベランダで始めちゃう人たちもいて、声とか聞こえると、まーきっついきっつい。それにどのお客さんも、翌日はこっちの目の毒になるくらい、ラブラブオーラがすごくなるんです」

「……あの風呂、屋内に作るとかできなかったのか」

「難しいみたいですよ。人によっては、のぼせすぎちゃって危ないですからねー。お兄さんだって、使ったんならわかるでしょ？」

そう尋ねつつ、朋は答えを求めていないらしかった。あくまで勝手に、自分の話だけ進めていく。

「とにかくあたし的には、跡を継ぐかで迷い中です。でも、お母さんは真面目一筋。夜、エッチな声とか聞こえても平然としてるんです。そこは立派だなーとか感心してたら、昨夜のあれでしょ？　もうビックリしちゃって。とっさにスマホの録画ボタンをば」

言ったあと、ウィンク混じりにベロを出す仕草には、かなりイラっとくるものがあった。

しかし、浩人が文句を言うより先に、彼女は足をピタリと止める。続けて指で示したのは、道沿いに建つ木製の小屋だ。

「ここへ入りましょう。お母さんも従業員さんも滅多に来ませんし、内緒話にはもってこいのどんと来いですよっ」

どうやら、小屋の用途は物置らしい。外から見た感じだと、六畳ほどの大きさもなさそうで、昔ながらの納屋（なや）という表現がよく似合った。

その古びた戸が、朋によって開け放たれる。

「さささっ、ズズイッと」

促されたら従うしかなく、中へ入った浩人が見回すと、思ったとおり、広さは六畳足らずだった。

しかもスコップや枝切りばさみなどの道具、中身不明の段ボール箱が多く積まれ、空きの部分は二畳より少ない。

ただ、壁の上端には明り採りの窓があり、天井の蛍光灯を点（つ）けなくても、十分に明るかった。

そこへ朋も続き、ドアを内側から閉ざす。閂（かんぬき）までかけてしまう。

「で、話の続きなんですけどね」

彼女は正面へ回り込んできた。

「あの人生を悟り切ったようなお母さんが、あそこまで乱れるなんて、よっぽどお兄さんとのエッチが気持ちよかったってことだと思うんですよ」

「んなこと言われても……俺にはわからないぞ」

何しろ、昨日まで童貞だったし。

だが、浩人のセリフは笑い飛ばされる。

「またまたご謙遜をー。という訳でここからが本題でっす。お兄さん、お母さんが感じた気持ちよさを、あたしにも教えてくれませんっ？」

「な……！　何言ってんだ、お前っ!?」

あまりに開けっぴろげな口ぶりに、浩人は一瞬、恐れさえ感じた。

ここまでの流れで、彼女が性へ興味津々なことは想像できる。だが、それにしたって、常識を越えた発想だ。

「そういうのは、初対面の相手に頼むことじゃないだろっ？　俺もお前も、お互いを何も知らないんだぞっ!?」

「あ、けっこう真面目ですね。でも気にしないでください。お兄さんってば雰囲気からして、あたしのタイプなんです。見るからにかっこつけたがりで、そのくせ、流されやすそうなところとか。すっごいグッと来ますっ」

「バカにしてんのか」

「いーえ、褒めてるんですよ。こうやって、脅されてるのに攻撃的な行動へ出られない甘さも、好ポイントですね。友だちには趣味が悪いとか言われちゃいますけどっ」

どうやら、ふざけている訳ではないらしい。が、頷ける内容でもなかった。

「わかってるんだろ。俺にはな、本命の相手がいるんだよ」

「でも、うちへ泊まりに来たってことは、上手（うま）くいってないんじゃないですか？　しかも縁結びの湯を使っておいて、お母さんを相手にしちゃうとか、ふざけてるとしか思えませんよ？」

そこで朋は、やる気満々に背伸びしてくる。

「あたしだってお母さんの血を引いてるし、お兄さんとは身体の相性がいいはずです。しかも処女ですよ、処女。彼氏になってくれとは言いません。まずはお試し無料体験で、一回だけ相手してくれれば、ちゃんとこの動画は削除します。あ、家のパソコンにコピーしたバックアップもですっ」

彼女は遠回しに、スマホだけ奪っても無意味だと告げていた。

だが浩人だって、説得の足がかりを探す。

「い、いや……待った！　あの動画が流出したら、俺以上に女将さんが困るだろっ。ってことは朋だって、デメリットのほうが大きいんじゃないかっ？」

「あんなのをネットにアップしようなんて、元から考えてませんてば。お兄さんが見られて困る相手は、木花亭に泊ってますもんね？」

どんどん逃げ道を塞がれていく。

そこで駄目押しのように、大きな瞳が細められた。

「どうですか、お兄さん？　気持ちいいし、秘密は守れるし、美味しい取引だと思うんですけどねー？」

「……ちゃんと、約束守れよな」

浩人はしばらく歯噛みした。しかし、もう反論を思いつかない。

とうとう頷いてしまった。

途端に朋が、場違いなほど華やかに笑う。

「あはっ、やっぱりお兄さん、アタシの好みのど真ん中ですっ！」

そう言う彼女の細い指は、早くも自分の腰周りにかかっている——。

——パサリ。

ほとんど照れる素ぶりもないまま、ショートパンツは埃っぽい床へ落とされた。

さらに下から出てきたストライプ模様のショーツまで、朋は平気で下半身から抜いていく。

こちらもすぐに丸まったデニム地の上へ置かれ、浩人が気持ちを固める時間など持てないうちから、少女の下半身は丸見えとなった。

母の楓と違い、大陰唇は見るからに未成熟だ。表面が澄んだ肌色だし、形もプックリ曲線を描く。

そのあどけない印象が、小陰唇によっても強められた。こちらは二枚並んで目立たずに、大陰唇へ半ば隠れている。当然、合わせ目で描かれるのは、綺麗な縦一直線だった。

のみならず、陰毛までが下の肌を透かしそうなほど淡い。髪と違って染められていないから、色は黒くて野暮ったいものの、そこが妙に生々しく、浩人も見てはいけないものを見てしまった気分にさせられる。

とはいえ、朋は浩人の内心など気にも留めない。後ろの壁へ寄りかかり、小柄な身長と比して長い脚を肩幅まで広げる。

「じゃ、始めちゃってくださいねー？」

ここまで軽く振る舞われたら、浩人だって少しは対抗心が湧く。

「いいんだな？　俺だって……」

だが、凄もうとしたところで、水を差すように、朋が声を大きくした。

「あ、そうだっ」

「今度は何だよっ」

「あたし、まだぜんぜん濡れてないし、男の人の指で弄られると、ちょっと痛いかもですよね？　というわけで指をっ、ここにっ、出してくださいっ」

オーバーなアクセントで言いながら、自分の顔の前で、丸を描く仕草だ。

「……いったい、何を企んでるんだ？」

舌打ちしたい気分で浩人が右手を差し出せば、

「あむっ！」

彼女はいきなり、人差し指と中指を咥えてしまった。

その奇行に浩人も狼狽える。

「ちょっ……おいっ⁉」

別に歯を立てられたわけではないし、もたらされたのも唇の柔軟さと湿り気だ。

それでもとっさに手を下げそうになれば、

「ん、ぅぅん……っ」

引き止めるような目線を投げかけられた。今までと違う言葉抜きの表情には、どこか、か弱い雰囲気すらある。

おかげで浩人も、朋の意図を理解できた。

たぶん、唾液を潤滑油みたいに使おうというのだろう。

「ったく、行動を起こすときは、ちゃんと説明してくれよな……っ」

文句を垂れながら、浩人は指の強張りを解いた。途端に朋の舌が、ウネウネ、ヌルリと、狭い中で蠢きだす。

「お、ぅ、おっ……!?」

初めは指の腹を軽くなぞる動きだった。しかしこれだけで、舌のザラつきと指紋が引っかかり合って、驚くほどむず痒い。

「ん、んんぅうっ……ふぅぅむっ……」

朋は舌遣いへ集中したがるように目を閉じていた。

彼女が頑張るのは、第一関節と第二関節の間までで、しゃぶる範囲は広くない。

しかし、捕えた部分は残らず撫でて、爪のある側にも唾液をまぶした。汗を味わうように、指と指の間まで割り込んだ。

やがては顎を浮かせたり、首を傾けたりして、いっそう舌を絡ませだす。そのやり方は、特殊な環境で育った欲求不満を、小さな獲物へ押し付けるようだ。

「んぁむっ、ぁぁふっ……んんんぅうっ……ぅっ、ふぅうふ……っ！」

美少女のうなされるみたいな声を聞きながら、浩人は神経が表面まで浮いてくる気さえした。少なくとも、皮膚は生暖かい中でふやけてしまう。

「と、朋……ぉ、ぅ、ぅぅ……」

もう指先どころか、身体中がざわついた。

しかも、名を呼ばれた朋は、唇をすぼめて、指をチュウチュウ吸いはじめる。こうなると口は吸盤さながらで、ヌルつく内頬までが、いっせいに中央へ押し寄せた。

「んぶふっ、ず、ずずっ！　ずぢゅぅううっ！」

「く、ぅっ、ぅううっ!?」

粘膜で隙間なく包まれる悩ましさは、股間へも熱を送る。断じて乗り気になったはずなどない浩人の肉幹を、無節操にそそり立たせはじめる。

「ん、ぷはぁっ！」

朋は唐突に口を開いて、唾液まみれにした指を解き放った。舌の上ではなおも水気をニチャつかせつつ、頬の赤らんだ笑みを披露だ。

「これだけ濡らせば、きっと痛くないですよね。それに……ふふっ、お兄さんもちょっとはやる気になってくれたみたいだしっ」

彼女の目線は、言葉の途中から、浩人のズボンに落とされる。

テントさながらに盛り上がる布地を見られては、青年も弁解のしようがなかった。

「も、もう……お前に触っていいんだな？」

羞恥を堪えて問えば、朋は大きく頷き、壁へ背中を預け直す。

「お願いしますね、お兄さんっ。わたくしは今、すっごくワクワクしておりますっ」

もう何を言っても無駄だろうと、浩人も腹を括った。

理不尽なシチュエーションではあるが、失敗したくないという見栄もこみ上げてきて、彼はその場に立ったまま、濡らされた指二本を割れ目へ寄せた。

直後、指の腹が小陰唇の間に当たって、息が詰まる。

目の前で、朋も手足を竦ませていた。

「んんっ……は、ふっ！」

奔放に振る舞いつつ、彼女は見た目ほど冷静でなかったらしい。

もっとも、目は即座に細めて、浩人を小憎らしく挑発してくる。

「あぁん、もっとしっかり当ててくださいよぉっ……」

「っ、わかったよ……っ」

浩人はいっそう右手に注意を傾けた。

割れ目はまだぴっちり合わさって、末梢神経で感じられるのも、爪を立てたら簡単に傷つきそうな弾力と、血が通うゆえの温かさだ。

とはいえ、ヌルつきのある汁も分泌しかけていた。

どうやらさっきの舌戯、指と秘所の両方を濡らす効果があったらしい。

「奥、入れていくからな？」

浩人は予告し、徐々に指を進ませていった。

小陰唇へ愛撫をめり込ませると、すぐさま二枚の舌でサンドされたみたいな、こそばゆさに見舞われる。

さらに隠れていた粘膜の壁ともぶつかり合って、狭い場所へ通じていそうな深い窪みまで、探り当てられた。

おそらく、ここが膣口だ。その推測を裏付けるように、朋も秘所をヒクッとすぼませた。

「あっ……来た……っ」

浩人は不覚にも、彼女の声を可愛いと思ってしまう。

やっぱり、朋が奥に秘めているのは不安らしい。それでいて、やめてほしいとは言いださず、肩も腿も竦ませながら、浩人の次のアクションを待っている。

ではここからどうすればいいだろう。押せば膣口はもう少し広がりそうではあるが、指を入れて平気なのかどうか。

迷った浩人は、ひとまず手を傾けてみた。小さな円運動で穴周りの粘膜を捏ねながら、迫る小陰唇を押しのけた。

対する反応を近くから確かめてみれば、

「ん、はっ……お兄さんの指っ……思ったよりゴツゴツ、してますね……っ。これっ……自分で弄るよりっ……ん、んんっ、気持ちいいかも……っ！」

彼女は目を閉じながら、心細さを別の気持ちへ移行させているようだ。

「ん、むっ……」

上手くいっているとわかり、浩人も息が弾んでしまう。すると今度は、朋が声音の変化を聞き逃さなかった。

「ねっ、お兄さん……っ、あたし、もっとしてほしいです……っ。次は……ぁ、そうだっ、あたしの前にしゃがんでっ、ぁンっ、指じゃなくっ、口でやってみてくださいよぉっ」

ますますアブノーマルな展開になりそうで、浩人も二の足を踏みかける。が、朋は背中を壁へ擦りつけて、繰り返しの要求だ。

「ほらっ……ぁっ……早く、早くぅっ……あたしっ、今まで妄想してきたエッチを、たくさん試したいんですからぁ……！」

「わかったよ……っ」

浩人は彼女の前へ跪き、顔の高さを秘所と同じくした。

これで視覚を女性器に、嗅覚を甘酸っぱい匂いに、すっかり占められる。

小陰唇は行為の前に見たときよりも、赤っぽく充血していた。それだけでもはしたないのに、絡みつく愛液までが、鈍い光沢で凹凸を飾っている。

果たして発情の匂いの源は、この蜜なのか、ヒクつく媚肉自体なのか。ともかく、楓よりは薄めながらも、動物的で、潑剌とした生気も含んで、一生懸命に牡を秘洞へ誘おうとするようだ。

さらに生意気な声まで降ってくる。

「あ、あはっ……こうやって見下ろしてると、あたしがお兄さんより偉くなったみたいですね……っ」

「好き放題、言いやがって……！」

　ここまできたら、浩人だって朋へ思い知らせたい。

　もう止めてと言われても、すぐには聞き入れてやるものか。そんな意気込みで、指を陰唇の縁へ添えた。

　割れ目をクパッと開いてしまえば、膣口が丸見えとなる。

　肉穴は愛らしいピンク色で、伸縮性を宿しながら中央へ縮こまっていた。指ですら通せるか怪しいほどに小さいし、入ってすぐのところに、処女膜らしき小さな穴付きの壁がある。

　さらに少し上を見れば、小水の出口があり、小陰唇の端の近くで、皮がチョコンと盛り上がっていた。おそらくこの包皮の中に、最大の性感帯であるクリトリスが隠れているのだろう。

　と、目につくすべてが刺激的だった。

　しかも浩人の反撃に、朋は薄い尻を強張らせる。

「ひゃっ！　お、お兄さんっ、そんなに広げちゃうんですね……っ!?」

「やれって言ったのは、お前だぞっ！」

　浩人は言い返し、膣口へむしゃぶりついた。

さっき自分がされた口淫を真似て、唇を媚肉へくっ付ける。垂れそうだった愛蜜を啜り上げれば、味蕾へ広がったのは、絡みつくようなしょっぱさだ。

朋も恥ずかしかったらしく、悲鳴混じりに腰を揺さぶった。

「やっ、ちょっと……急にやる気っ、出しすぎじゃないですかぁっ!?」

この身ぶりで、今度こそ浩人は確信できた。

いくら悪女っぽく振る舞ったところで、朋はまだ誰かと身体を重ねたことがない。童貞を卒業した自分のほうが、多少は有利なのだ。

調子づいた彼は、朋の訴えを聞き流し、位置のズレた割れ目を追いかけた。

もう簡単には止めないと決めているし、わざと水音を奏でて、愛液を吸ってやる。のみならず、舌も真っすぐ差し出して、穴周りをほじりにかかった。

このクンニから、朋は逃げられない。壁を背にしたのが、仇となっている。

「はっ、やっ、そんなに音を立てちゃったらぁっ！　い、いくらあたしだって……恥ずかしいですよぉおっ！」

膣口も過剰な刺激を拒むように狭まりかけるが、浩人はそこを続けざまにノックする。

となると舌へ伝わってくるのは、押された分だけひしゃげる瑞々しさだ。

今なら勢い任せに、中まで侵略できそうだった。しかも、頭上で高まる悲鳴と反対に、秘所は蜜を増やしつづける。

「ふ、むぶっ……んぐふっ！」

もう舌だけだと拭いきれずに、ヌメりは浩人の顎までこぼれてきた。だから彼は膣口をストローに見立てて、いっそう強いバキュームへ取りかかる。

ジュルジュルズズズゥウッ！

この際、膣内を真空に変えて、牝襞を裏返すぐらいのつもりで苛めてやった。

「んふあぁっ！　やめっ、やっ……わかりましたっ、お兄さんが乗り気になったのはっ、もぉわかりましたからぁっ！」

羞恥心と性感を一度に責められて、朋は捻じ曲げた十指で、浩人の髪をまさぐりだしていた。だが、引きはがすような力の入れ方はしてこない。

のぼせた浩人も、次の一手を考える。

「むっ、ふぷぉっ……！」

ひとまず顔を秘唇から離して目を凝らせば、先ほど見つけた包皮の陰から、粘膜の曲線が覗きかけている。

未知の場所ゆえに、好奇心もそそられて、彼はそこへ左手をやった。朋の確認も取らないまま、クニッと皮を剥いてしまえば、出てきた粒は小指の先より小さい。そのくせ愛液で光りつつ、全体が蕩けそうだ。

「ぃひうっ！　お、お兄さんっ……そこはっ、そこはあたしっ、弱いんですよぉっ!?」

朋はいよいよ声を裏返らせたが、そんなものは聞き流す。

いや、本当はちゃんと耳を傾けていた。どうやら、朋は自分で弄ったことがあるらしい。

その事実にそそられて、右手の指でチョンと突起を突いてみれば、

「く、ぃひぅうふっ！　んひっ、ひぅうううっ!?」

ほとんど力を入れていないのに、朋は金縛りとなったように、細い腿を竦ませた。

左手も浩人から離れ、どうやら自分の口元へあてがわれたらしい。一方、右手の指は髪をむしらんばかりに、浩人の頭の上で捩曲がった。

「あっ、駄目ぇっ！　やっ、やだっ！　やだやだっ、やぁぁんっ！　お兄さんの指がっ、す、すごいぃいひっ!?」

派手な身ぶりも復活し、彼女の股間は上下に弾む。

これで浩人も、上手くいったと確信できた。

彼は手をずらし、陰唇からこそぎ取った愛蜜で指をヌルつかせた。続けて、クリトリスへ本腰を入れた攻撃だ。

丸みを縁取り、上から押さえ、かぶせた指で上下左右へ転がした。

ソフトなタッチは継続するものの、代わりに熱意を籠めてやる。

その効果の証明が、崖っぷちの哀願だ。

「ストップっ、ストップぅうっ！　あたしっ、やばいですっ！　こ、こんなに感じちゃったことっ、一度もないんですからぁあっ!?」

それでいて、朋は脚の力を緩められない。秘所を前へ差し出してしまう。

この機に、浩人も舌で膣口を押しのけた。奥の奥まで息を吹き込めば、愛液はブチュブチュ泡立って、一際、淫らに鳴りはじめる。

「ふぁあああっ！　それ駄目ぇええっ！　お兄さんっ、待ってて っ、待ってくださいぃいいっ！　悪乗りしたことはっ、あぁあんっ、謝りますからぁあっ！　これじゃあたしっ、どこまで感じちゃうかっ……わからないよぉおおっ！」

そんな謝罪を聞きながら、やった、勝った、と浩人はチープな充足感に酔いしれた。

とはいえ、彼も際どい。ズボンの下で肥大化しきった竿は捩れそうだし、亀頭もムズついてしまう。

きつい圧迫を緩めようと、下半身を傾けてみるが、かえって粘膜が擦れて、肉欲が高まった。

「ん、ぐぐっ!?」

一瞬、暴発しかけたものの、どうにか耐える。

そこですぐに考え直し、浩人は責めへ徹するほうを選んだ。逃げるのではなく、この昂りを舌遣いに上乗せするのだ。

そう思いついたら、即座に舌を膣口へめり込ませ、頭を振る動きまで活用して、極小の肉穴をこじ開けた。しかも舌をすばやく抜き差しして、愛液の塩味と粘膜の張りを存分に愉しむ。

いよいよ荒っぽいやり方に、とうとう朋もむせび泣いた。

「はぁあんっ！　来ちゃうっ、あたしっ、男の人にされるのっ、初めてなのにぃっ！　お兄さんにいじめられてっ、んぁあっ、あっ、やっ、熱いの来ちゃうぅうっ！」

「うおっ、んぅうおっ！」

浩人は一つの目標が見えてきた。朋をお仕置きさながらに、オルガスムスまで押し上げるのだ。

そのためにも、膣口の内側まで擦る。外向きの疾走で捲り上げる。

陰核に対しても、ＡＶで見た大人の玩具を真似て、小刻みなバイブレーションだ。

この最後の攻撃に、朋が細い背筋をしならせた。ガクンガクンと美脚を痙攣させて、膣に食い込む浩人の舌を、自分から擦り返した。

あられもない身ぶりは、最後にまた刺激を強めてしまう。彼女は自ら牝粘膜へとどめを刺して、昇天の叫びを吐き散らした。

「イクッ、イクゥぅうっ！　あたしっ、もうっ、イッ……クぅうあっはぁあっ！ぅやはっ！　やっ、ぁっ、やぁああんうぅうぅうぅうふっ⁉」

絶頂の盛大さたるや、ヴァギナで正面の口を覆い、反撃に成功したはずの青年を呼吸困難へ陥らせそうなほどだ。

浩人は自分まで果ててしまったような錯覚を抱き、

「ふ、お、ぅうっ！　と、朋っ、むっ、くぅうっ！」

なおも媚肉を圧迫しつづけるのだった——。

「あ、ぁ……はぁぁ……っ、これが、本物のイク……なんですね……今まで一人で感じてきたのは何だったのかなっていうぐらい……あは、衝撃的……ですよぉ……」

舌戯が終わって床に尻を落とした朋は、頬を真っ赤にしたまま、ぼんやり微笑みかけてきた。

その夢見るような目つきが、浩人を本来の気性へ戻す。二人でしゃがんだままだと、顔と顔が近く、彼は無性に気恥ずかしかった。

「そう、か……？」

顔を逸らしてしまうのはどうにか堪えるが、朋も照れを見抜いたのだろう。表情をいっそうしどけなく崩し、猫なで声を絡みつかせてきた。

「お兄さぁん……あたし、続きをしたいです……っ。次はおち×ちんで……どうですか？　お兄さんも気持ちよくなりたいですよねぇ？」

達してしまった仕返しを目論んでいるようにも見える甘え方だ。

浩人もペニスが太いままで、つい心が動きかけてしまう。だが、辛うじて自制した。

「……俺はもういいよ。そっちだってしっかりイケたんだ。十分だろ？」

諭すように言うと、朋は唇を尖らせた。

「できれば、最後の一線を、お兄さんの意思で越えさせたかったんですけどねー」

まるで堕落させるチャンスを逃したと言わんばかりだ。

この、悪女予備軍め——！

浩人が半眼で睨むと、朋はいそいそ四つん這いになった。

「怒りました？　怒りましたよね？　じゃあその勢いを、あたしの身体にぶつけてください。すっごく感じさせてもらったし、今なら初体験でも気持ちよくなれるって、あたし思うんですっ」

　身体の向きを変え、子供じみた躊躇のなさで、股間を差し出してくる。

　小陰唇は今や大陰唇からはみ出して、処女のくせに物欲しそうだった。しかも割れ目全体が綻んで、蜜でびしょ濡れになっている。

　上では尻たぶが腿に引かれて、谷間まで広げていた。霧吹きでも使ったみたいに小粒の汗を浮かせつつ、肛門までが丸見えなのだ。

「どうしてそこまで、俺を相手にしたがるんだよっ」

「言ったじゃないですか。お兄さんは好みのタイプだって。もう一目ぼれに近いんでーすっ」

　尻尾さながら尻を揺らす朋に、クンニをされたときの動揺は残っていない。むしろ、完全に踏ん切りがついたらしい。

「お願いですから、焦らさないでくださいよぉ……っ。おち×ちんくれたら、ちゃんと動画は消しまぁすっ」

「ああっ、もうっ！　わかったよ……！」

放っておいたら、どんどんエスカレートしそうなおねだりに、とうとう浩人も折れてしまった。

「今度はやめろとか言いだすなよな⁉」

そう釘を刺して、中腰でベルトへ手をかける。

対する朋の声色は、いかにも嬉しそうだった。

「あンッ、あはっ……！　はぁいっ、わかってまっす！」

——ズボンとパンツの下から現れた浩人の男根は、縁結びの湯へ入ったあとと変わらぬ逞しさを発揮していた。

太く、長く、血管を浮かせながら真上を仰ぎ、ピクッピクッと根元から揺れる姿ときたら、浅ましい本性が動きに表れているみたいだ。先端では亀頭もカリ首も張り詰めて、女体を貫く凶器と化していた。

そんな怒張の付け根を、浩人は右手で握る。

朋の後ろで膝立ちになり、竿の角度を低く変えれば、

「うぅっ……！」

亀頭の表面が伸びて、早くも脳天が痺れてしまう。

だが今回は、楓としたときのようなサポートを期待できない。自分が的確な行動を選ぶ必要がある。

彼は腹へ力を入れ直し、尻の陰に隠れた秘所へ、野蛮な屹立を近づけた。

途端に切っ先部分が、熱い場所へグニッと当たる。

目で見なくとも、火照りと濡れ方、吸い付く感触で、間違いなく小陰唇だとわかった。

とっさに動きを止める浩人の前では、朋も四肢を強張らせている。

「ひ、んんんっ……！」

いかに乗り気でも、緊張はこみ上げてくるものなのだろう。

自分までしり込みしそうになり、浩人は歯を食いしばりながら、膣口を探しはじめた。

とはいえ、亀頭を前後させれば、牡粘膜が切なく痺れる。淫熱は触れ合う一点から注ぎ込まれ、官能神経を毛羽立たせそうだ。

しかもそれらへ対応しきるより前に、膣口と思しき窪みへ、鈴口が食い込んだ。

「っ……や、やるからなっ!?」

浩人は怯みかけなのを隠し、朋が首を縦に振るのを見届けた。それから腰を押し出して、ペニスを秘洞へ潜らせはじめる。

「くぉっ、ぅううっ！」

肉穴の収縮ぶりは想像以上だと、瞬時に思い知らされた。

男の受け入れ方を熟知している楓の秘所とはまったくの別物で、押し開くためにそうとうな力を入れなければならない。かかる圧迫ものすごい。

外側の熱ですら痺れてしまった亀頭は、容赦なしに締め付けられだして、しかも先頭に立つ鈴口へ、さっき見た薄い壁が当たる。

これが朋の処女膜なんだ——！

浩人は気力を奮い立たせ、それをプツンと打ち抜いた。

時間にすれば、一秒足らずでしかない貫通だ。

しかし、朋は手足どころか、背筋や尻まで竦ませて、籠った悲鳴を絞り出す。

「ん、ぃひぅううくっ！　つ、ぁうぅううっ！」

この切羽詰まった身ぶりなら、きっと額も頬も真っ赤に染まって、汗だくになっていることだろう。

とはいえ、浩人も想像力を維持できない。処女膜の先はいちだんと窮屈で、無数の牝襞がひしめいている。膣壁もそれをあと押しして、火照りと共にペニスを搾ってきた。

「お、ぅううっ！」

極小の秘洞に適したサイズまで、亀頭を圧縮させられそうだ。あるいは擦られた部分が、パチンと弾けそうな気もしてくる。

だが、ここで休んでも、事態が好転するとは思えなかった。

だから浩人は下半身を固め直す。

濡れ襞を不器用に押しのけて、亀頭の次はエラを、エラの次は竿を、蜜壺深くへ沈めていく。

その耳に、朋の鳴き声が届いた。

「や、ぁく、んんぅううっ！　い、ひぎっ、はぅうううっ！」

初体験でも気持ちよくなれる。そんな予想はあっけなく外れ、四つん這いで背筋を反らす姿は、果てしなく被虐的だった。

やがて、ペニスが最深部へ到着したときには、浩人も朋も汗みずくとなっている。

「朋っ……お、俺っ、奥まで入ったからな……っ!?」

「……うんっ……ぅ、ぅうっ……はいっ……！」

呼ばれた朋は、ぎこちなく頷く。それから二呼吸ほど間を置いて、

「やっぱり……先に口でしてもらって……よかったみたい、ですっ……あ、あたしっ、初めての割には、そんな痛くないっ……ですから……！」

つらい嘘はやめてくれ、と浩人が言い返したくなるほど、彼女は舌が回っていなかった。その分、健気にも見える。

「と……いうわけでっ……お兄さんっ！　このおっきなおち×ちん……っ、使ってみて、くださ……いっ……！」

「いや、けどさ……っ！」

「お願いしますよ……！　お兄さんとやれるのはっ、この一回だけなんですからぁっ……ちゃんと本物のセックスっ、教えてくださぁいっ……！」

朋の本質は享楽的というより、意地っ張りらしい。

浩人もまた、彼女に押し切られてしまった。

「痛かったら……ちゃんと教えてくれよっ！　俺、言われなきゃわからないからなっ!?」

少しでも上手くやるため、自分の稚拙さを暴露してから、少しだけペニスを下げる。

刹那、密集していた牝襞がカリ首の裏へ引っかかり、腰が砕けかけた。

「お、ぉおおっ!?」

朋の上へ倒れ込むのは防げたが、生娘（きむすめ）の中でする後退は、思った以上に難しい。

朋も身体の芯を後ろへ引っ張られたかのごとく、クッと頭を下げていた。伸ばした肘が、今にも折れそうだ。

しかし、口からまろび出るセリフはといえば、

「つ、続けて……くださいぃっ……！」

「ああっ、頑張ってくれよ、朋……っ！」

浩人もしつこい気遣いはやめて、ペニスへ気持ちを集中させた。

そのまま、ズッ、ズッ、と一定のテンポでバックしていくと、エラを捲られる感触も途切れなくなる。しかも蠕動（ぜんどう）する襞に、亀頭だってゆっくり磨かれる。

「お、ぅ、う、ぅっ……！」

気持ちよすぎて苦しいなんて、まるで満腹になってもまだ、ご馳走を食べる手を止められないみたいだ。

それでもどうにか、亀頭が抜ける寸前までこぎつけた。

「ふっ……おっ！」

漠然（ばくぜん）とした達成感を抱きながら朋へ目をやれば、彼女もわずかに肩の力を抜きかけている。

これ以上、苦しむ朋に「して」と言わせるのは、何か申し訳ない気がしてきた。

だから彼女の言葉より先に、ペニスを肉壺へ突き立てにかかる。

「つ、くぐっ！」

決意と逆に、浩人は情けない唸りを発してしまった。

何しろ、肉棒が抜けてからまだ数秒と経っていないのに、膣壁はもう、元の窮屈さへ戻っている。

これでは免疫ができないうちから、一回目と同じ肉悦を、再び官能神経へ詰め込まれてしまう。

一方、朋も大事な場所をほじられて、頭を上げられない苦悶の姿勢が、見えない相手へ土下座しているようだった。

「は、ぁ、んぅううっ！」

そのまま、鈴口と子宮口が二度目の衝突をして、浩人は亀頭のひしゃげる感触に、意識を打ちのめされる。

「ふぐっ！」

「ぃひううっ！」

朋と二人で呼吸を整えるのも、最初の挿入と同じだ。

ただし、今度は朋が先に口を開く。

「ん、あっ……ぁっ……続けて、くださぁい、ぃっ……！」

「っ……わかったよっ！」

また言わせてしまった、と胸が痛むものの、浩人はそれを隠してピストンへ取りかかった。

速度は上げず、抜いて、挿して、また抜いて——。片道ごとに休憩を挟みつつ、朋の中をじっくり穿つ。

「く、ぅっ……と、朋の中っ……きつい、なっ……！」

気遣いと裏腹に、愉悦はどんどん肉棒内へ蓄積された。いや、緩慢だからこそ、疼きの大きさを実感させられる。

入れれば亀頭を先頭に、肉幹の皮まで伸びきった。

抜けば、襞にエラを引っ張られるのと同じ向きで、子種まで玉袋からせり上がりかけた。

身体は芯から燃えるように熱く、結合部を見下ろせば、肉幹には愛液だけでなく、破瓜(はか)の赤い血も少し付いている。それが青年の切迫感を助長だ。

とはいえ、朋も徐々に異物へ慣れてきたらしい。

「はっ、ぁっ……ぁぁふっ……お、おぉきい……ですよぅっ……！　お兄さんのおち×ちんでっ、あたしの身体っ……広げられちゃって……るぅうっ！」

息遣いからも、膣壁からも、強張りが抜けつつある。

だったら、もっと秘所がこなれやすいやり方を試したい。

念じるうちに、浩人は昨夜、楓に教えてもらった動きを思い出した。

奥までねじ込んだ肉棒を、上下左右へ揺するのだ。

母の身体で会得した手管を、娘相手に実践するなんて、実に倒錯した気分だが、奇妙な興奮へも繋がる。

「俺っ、他の動きもしてみるぞっ!?」

そう告げてから実行してみれば、さっそく亀頭が捩れんばかりに痺れてしまった。

が、朋の感じ方は上々で、感触をじっくり噛みしめるような息が吐き出される。

「は、ぁっ、うっ……ぅぅうっ……この動き方っ、いい、ですね……ぇっ……！」

「そうかっ!?」

だったら浩人も、抑えた角度で蜜壺を開拓してやる。朋を悦ばせつつ、母娘の差異を愉しむ。

ある意味では罪深い腰遣いだが、優しく牡肉を包んでくれた楓と、ひたむきにしがみついてくる朋、どっちも溺れそうに魅力的だ。

　しかも股間へ視線を戻すと、処女血の赤さが薄まっている。目立つのは白っぽく変色した愛液で、外に掻き出された粘り気は、あられもない水たまりを結合部の下に作りかけていた。

　と、青年が油断しかけたところで、膣口の角度が変わった。

「つぁっ、おっ⁉」

　彼もまだまだ未熟者だから、ちょっとした変化で不意を突かれてしまう。膨らむ精液の存在感に脂汗をかき、朋の姿勢を見直せば、彼女は気張る証のように伸ばしていた右肘を、ガクッと床へ落としていた。

　左肘のほうも〝く〟の字に折れて、いよいよ土下座そっくりの格好だ。

　しかし、彼女から漏れる声は、さっきよりずっと甘い。それどころか自分で腰を傾けて、牡肉と擦れやすい角度を探しはじめている。

「あっ、あっ……あたしぃいっ……んやっ、すごい、ですぅうっ……！　舐められるのと違ってっ、ぉおっ、奥っ……奥までっ……熱いのが届く、のぉおおっ！」

　おかげで浩人も、肉竿の根元をあらぬ具合に捻られそうだ。

　彼は急いで踏ん張って、力ずくで精液の気配を鎮めた。

そこから動きを前後の往復へ戻す。力強く引いて、劣情たっぷりに突っ込んで、我慢汁と愛液のブレンドが立てる音を、ジュポッジュポッとリズミカルに変えた。

「俺もっ……俺もっ、気持ちいいよっ！　ギュウギュウ締め付けられてっ、チ×コがおかしくなりそうっ、なんだっ！」

跳ねる語尾で弾みをつけて、子宮口まで苛烈に抉る。

ここまで乱暴にやっても、朋はもはや快感の喘ぎが止まらなかった。

「ふあぁあんっ！　いっぱいあたしの中っ、掻き回してくださぁいぃっ！　あたしっ、気持ちよくっ、なってきましたあぁあっ！」

「んくっ！　やっぱりさっきまでっ、我慢してたんだなっ!?」

問い詰めながら、彼女の急所を深く掘る。返事を求めて荒く引く。

その両方に、朋は身震いだ。肢体も率先して前後へ往復させて、茶髪の端で埃っぽい床を小刻みに掃いている。

「はいっ！　はひぃいんっ！　でもっ、今は違いますぅうっ！　イキたいんですっ！こんどはお兄さんのおち×ちんでっ、身体の中からイカせてほしいのぉおおっ！」

そういうことなら、抽送を強くしよう。もっと獰猛に振る舞ってやろう！

勇む浩人の抽送によって、汁の水音のみならず、下半身同士のぶつかる音も、パンパンパンッとスパンキングめいてきた。

怒張が突っ込むたび、朋の締まった美尻は押されてひしゃげる。二人が離れれば丸みを取り戻し、刹那の弾力は、牡の股座を押し返さんばかりだ。

浩人は肉欲のままに怒鳴り、膣肉を責め立てた。

「だったらっ……朋っ！　自分でもおマ×コを弄ってみろよっ！　そうすればっ、もっと気持ちよくなれるだろっ⁉」

急かされた朋も従順に、左手を身体の下へ滑り込ませる。

「はぁ……いぃいひっ！　あたしっ、やってみるぅうっ！　お、おマ×コをっ、弄りますぅうっ！　はっ、やはぁあんっ！」

右肘で己を支えながら、彼女が指先をやった先は、パックリ開いた陰唇の端だ。

「ひぁはっ！　やっ、やぁあんっ！　ここもっ、さっきよりよくなってるぅううっ！」

歓喜の声と同時に、きつい膣壁が脈打って、暴れる牡肉を掻き抱いた。

「おうっ！　おふぅううっ⁉」

朋がクリトリスを突いたのだと、浩人ははっきり感じ取る。股間の痺れも脳天まで突き抜けて、牛の搾乳さながらに、白いスペルマを汲み上げられそうだった。

が、朋へオナニーを求めたのは自分なのだ。浩人は彼女を褒めるため、腰へさらなる力を入れた。

「ぅおおぉおっ！」

ザーメンを通しそうな尿道を狭めつつ、突っ伏しそうな朋を視線でも愛でる。

小悪魔少女は首を横へ振り、かと思えば強すぎる愉悦へ抗うように、肩を竦ませていた。そのくせ、左手は積極的なまま、陰核を転がしつづけている。

「ひぁあっ！　やっ、やぁあんっ！　あたしぃいっ……っ、初めてなのにっ、イッちゃうっ！　今度はお兄さんとしながらっ、イッちゃいそっ、なんですぅううっ！」

こんな痴態を見せられ、肉棒も扱かれつづけていたら、もう射精を防ぎつづけるのは無理だった。

となれば、自分もフィニッシュへ向かうしかない。

浩人はよけいな思考を遮断して、突っ込みながら竿を傾けた。バックするときにも反対側へ角度を変えた。

「朋っ、くっ、朋ぉおおっ！」

「ぁあああはっ！　ひぉっ、んぁはぁあおっ！　お兄っ……さぁあんぅうふっ！　あたしぃっ、もぅっ、グっ、グチャグチャぁああんっ！　イクッ！　おち×ちんでっ……イッちゃうぅううっ！」

この喘ぎに勢いをもらって、浩人は最後の力で肉壺を抉った。子宮口を叩いたら、押し込んだままのペニスを丸ごと、膣内で振動させる。

「お、ぅあぉぉおおおっ！」

この無茶な動きが、噴出のときを窺っていた子種の群れへ力を与えた。

白濁は尿道を踏み荒らし、朋の胎内へ凶暴に噴き上がる。

中出しされた女体でも、決定的なオルガスムスのスイッチが入り、朋は伏せていた顔を浮き上がらせていた。四肢もブルブル震わせて、汗みずくの尻を浩人へ押し出しながら、正面の壁に絶叫だ。

「イクッ！　あたしイクぅうっ！　イキますぅうぁあっ！　んやはっ！　ひぉあああはっ！　ぅあっはっ、んあへぁあっ、はぁあぅううんっ、ふあぁぁああああっ！」

エクスタシーによって一際縮こまった肉壁は、達している途中の逸物を徹底的に搾る。

破瓜の直後よりも狭い秘洞に、浩人は気を失いそうだった。そのため、下半身も制御不能に陥って、子宮口を圧しつづけてしまう。

「おぉおお……っ、おおぉ……！」

「は、ぁ、あっぁぁあっ……！」

一分、二分、三分経過しても——。

彼らは深く繋がったまま、さらにさらに震えつづけるのだった。

第四章　愛の告白と性なる懺悔

納屋の埃っぽい床へ座り、なおも大きいペニスへズボンと下着をかぶせ直すと、浩人も自分のやったことを客観的に考えられるようになった。

(美咲を待たせて何やってんだ、俺……)

脅されて始まった行為ではあるが、途中からのめり込んでしまった。そもそもの発端だって、楓の特別なサービスへ溺れたことだ。

一方、朋も服を着直して、アルバムアプリが表示された自分のスマホを差し出してきた。

「ちゃーんと見ててくださいね?」

そう言って、ゴミ箱フォルダへ移した卑猥な動画を、完全に削除する。

「あとでパソコンのほうも消すんだよな?」

浩人が念を押すと、彼女はごく自然な口調で、さらりと答えた。

「あー、安心してください。あたし、自分専用のパソコン持ってないんです。あんな動画、怖くて家族共有のには入れとけないですよ」

「ってことは……さっきのはハッタリかっ⁉」

「それよりお兄さん、ついでにこの写真も見てください」

「今度はなんだよっ？」

これ以上流されて堪るかと、浩人は敢えてつっけんどんに聞き返した。しかし、

「あたしの死んだお父さん。いっしょに撮った最後のヤツなんですよ」

「え……っ」

大切な故人との思い出となると、冷たくできない。

画面に目を落とせば、二十代後半と思しき青年と、小学生に入り立てぐらいの少女が映っていた。

撮影場所は、木花亭の庭だ。

セリフからいって、少女は朋なのだろうが、身長は今以上に低く、顔も幼くて、髪の毛は染められておらずに真っ黒い。しかし、目つきや口元に、現在と通じる部分もある。

一方、男は和服姿で線が細く、娘との手の繋ぎ方や表情に、深い愛情が滲んでいた。総じて温かな雰囲気で、それゆえに浩人は、楓と朋の両方へ手を出した罪悪感が頭をもたげてしまう。

「……や……優しそうなお父さんだな」

逃げるように顔を上げ、またもやドキリとさせられた。

自分に向けられた朋の目つきが、やけに熱っぽいのだ。

「あたし的には、お兄さんとお父さんが、なーんか似て見えるんです」

「そ、そうか？」

「顔じゃなくて、気配が、ですよ。たぶん、お母さんがお兄さんを放っておけなかったのも、そこが大きいんじゃないですかねー。いくら仕事熱心だからって、普通ならあそこまで身体を張ったりしませんてば」

「まあ、そうなのかな……」

とはいえ浩人は、写真の男と自分が、さほど似ているとは思えなかった。

そこへ朋が顔を寄せてくる。

「というわけで、一つ提案なんですけどっ」

「は？」

「もし彼女さんと上手くいかなかったら、お母さんを狙ってみるとかどうでしょう？　もちろん、正式に付き合うとなったら、宿の経営とか修行しなくちゃいけませんけどねっ？」

「お、おいおいおいっ!?」

浩人はバランスを崩しかけた。

「そんなホイホイ乗り換えられるもんかっ。かえ……女将さんだって、会ったばかりの俺にそこまで入れ込んでないって！」

「いいアイデアだと思うんですけどねぇ……」

腕を組む朋は、思った以上に真剣そうで、長く耳を貸していたら、ますます混乱させられそうだ。

「とにかく、宿へ戻るぞ」

だが、立ち上がる間に、浩人は考えてしまった。

自分は、亡くなった朋の父と共通点があるらしい。しかも、朋が迫ってきたときの言い分によれば、好みのタイプでもあるという。

（こいつ、ファザコンの気があるんじゃないか？）

こちらをさんざん振り回したのも、失われた父性を求めたためではなかろうか。

想像力を働かせるほど、ここまでの過程へ腹を立てられなくなる。
そんな浩人へ続き、朋も傍らの壁に手をかけた。

「いよっと」

立ち上がった彼女は、あどけない顔をしかめ、

「うっわ……まだ奥に太いのが入ってる感じですよぉ……これって、何度も経験すれば慣れるんですかね？」

「っ、俺に聞くなっ」

浩人は赤らむ顔を隠すため、朋へ背中を向けたのであった。

さて、これから宿へ戻るとして、なんとか美咲へ聞かせる弁明を捻り出さなければならない。

しかし、朋と並んで元来た道を引き返した浩人の目へ入ったのは、ちょうど庭木戸の向こうの道を、不安げな足取りで通りすぎる美咲の姿だった。着ているのは、林の散策に適した長袖シャツとジーンズだ。

きっと、彼女は戻りが遅い自分を探してここまできた。そう考えると、浩人は立ち竦んでしまう。

しかも、わずかな物音を聞きつけたらしく、美咲まで足を止めて、恐るおそる顔を向けてきた。途端に目が合い、端正な顔が凍り付く。

「……浩人、君……？」

「おう……」

「なんで……旅館の子といっしょにいるの？ ぁ、その子と……仲よくなったんだ……？」

仲よく、のニュアンスは、明らかに恋人同士を指していた。

浩人も全力で否定したくなるが、とっさの言葉が出てこない。

（くそ……くそ、くそ、くそっ！）

猛烈に情けなかった。

その間に、美咲は一歩、二歩とあとずさる。さらに地面を蹴って、林のほうへ駆けだした。

「待ってくれっ、美咲っ！」

浩人も慌てて追いかけようとして、次の瞬間、シャツを朋に引っ張られた。

「うおっ!?」

予想外の妨害でよろけてしまう。美咲の姿も木々の間に消え、浩人は本気で怒鳴った。

「邪魔すんなよっ！」

「ち、違いますっ。こういうときはクールダウンしないと、お互い感情的になっちゃいますってばっ！」

意外にも朋は真顔だった。

「あたし、前に少女漫画で読みました！」

「作り話の受け売りかよっ！　そんな根拠で俺を止めたのか!?」

「そうですけどっ。でもあたし、間違ってるとは思わないですっ。彼女さんへ追いつけたとして、きっとすぐには話し合えませんしっ！」

「んなわけ……っ！」

ない、と断言しかけて、浩人は寸前で堪えた。

今、自分は美咲になんと告げるつもりだったのか。

――わからない。わからない。

「でもっ……なんでだよっ？　あれだけやりたい放題しておいて、どうして今になって、お前が美咲との仲を心配するんだっ？」

「……だって……彼女さんのあんな顔を見ちゃったら、あたしだって反省しますよ……っ」

「今更謝られたって遅いからなっ」

「すみませんっ。ごめんなさいっ。とにかくあたし、飲み物を持ってきますっ。彼女さんを探して脱水症状とか、シャレになんないですもんっ」

「いらないよ！　時間がもったいないだけだっ」

「さっきだって、あんなに汗をかいたじゃないですかっ。あっちの道はほとんど人が通らなくて、お兄さんの具合が悪くなっても、誰も気づけないんですっ」

「……っ」

強く主張されると、浩人も喉の渇きを意識してしまう。むしろ、無自覚のうちに、すっかり干上がっていた。

「じゃあ……頼むよ」

「はいっ、ダッシュで取ってきますっ」

朋は浩人の裾を解放し、クルリと踵を返した。

庭木戸とは反対のほうへ走り去った彼女が戻ってきたのは、三分ほど過ぎてからだった。

「どうぞっ、麦茶です」

突き出されたグラス入りの冷たいそれを、浩人は一気に飲み干した。

ジリジリしながら待つうちに、彼も多少は判断力が戻っている。

考えてみれば、自分だって性欲に浮かれた共犯者だ。美咲との関係が危うくなったからって、責任を朋へかぶせるのは卑怯だろう。

「……ありがとな」

抑えた声でグラスを返した。

「さっきは悪かったよ。ここから結果がどうなるとしても、俺は絶対に朋を恨まない」

「えっ」

朋が目を丸くする。

「……俺、おかしなこと言ったか？」

「いえいえいえっ、急に態度が変わってビックリなんてしていませんよ？」

「お前な……」

浩人は溜め息を吐きつつ、庭木戸に向き直った。そこへ朋が一つアドバイスをくれる。

「あっちの散歩道って、途中で二つに分かれてるんです。片方はすごく見落としやすいから、気を付けてくださいね」

「ああ、わかったよ」

背中越しに頷き返してから、浩人は大股で力強く歩きだした。

大好きな美咲へ、今度こそ追いつくのだ――。


林道。朋が言うところの散歩道は、下りの勾配となっており、進むにはしっかり地面を踏みしめる必要があった。そのせいで空気の涼しさに反し、身体へ熱が溜まってくる。

額から垂れはじめた大粒の雫を、浩人は何度も手の甲で拭った。

(受験で運動不足の身にはけっこうつらいな、ここ……)

道の左右にあるのは多くの木々だ。鬱蒼、というほどではないものの、緑の木漏れ日が非日常的で、ふと異界へ迷い込んだ気分になりかける。反面、半端に人の手が入っているせいか、鳥の声はまばらだった。

(美咲のやつ、転ばなかっただろうな……?)

こんな道で走っていれば、止まるのすら容易ではないだろう。とはいえ、地面に乱れた形跡は見当たらない。

（きっと大丈夫だ。あいつもペースを落としたんだよ）

自分へ言い聞かせつつ、浩人は道を外れたところで美咲が蹲っていないかにも、気を配ることにした。

同時に、己の内面を見つめ直す。

（……要するに、俺はずっと見栄を張ってたんだよな。いっしょにいたかったのは俺のほうなのに、あいつと向き合うことから逃げて、保護者代わりなんて上から目線を続けてたんだ）

挙句、楓にすがり、朋に翻弄され、美咲を傷つけた。

（もっと早く、正直になればよかった。好きだって言えばよかったんだ。あいつからは、友だちとしか思われてなかったとしても……！）

美咲が自分をどう見ているか、それは考えないことにする。

さっきの態度からあれこれ推測したくなるが、真にやるべきは一つだけだ。

自分の想いを、ちゃんと伝える――。

そこまで考えたところで、道が枝分かれしている場所へ差しかかった。

おそらく、朋が教えてくれたのもここだろう。

「…………」

浩人は立ち止まって、ルートを見比べた。

道の片方は、草むらに隠れて目立たない。一人になりたいときは適しているが、冷静さを失った美咲が気づけたかどうかは怪しい。

では、本道が正解だろうか。だけど——。

(……よし、こっちだ!)

今の浩人に熟考できる時間などなく、彼は細いほうの道へと踏み込んだ。

いざ別れ道へ入ってみれば、美咲を見つけるまでに、さほど時間を要しなかった。

彼女は林の中でも特に大きな木の根元へ寄りかかり、尻を地面へペタンと付けていたのだ。

その姿勢とショートカットの髪型が組み合わされば、大学一年生とは思えないほど子供っぽい。まるで途方に暮れた迷子だった。

「美咲……」

浩人が呼びかけるや、伏せられていた顔が上がる。

だが、美咲は浩人をはっきり見る前に、目をキュッとつぶってしまった。しかも、細い身を縮こまらせ、耳までしっかり両手で塞ぐ。

完璧な拒絶の態度に、浩人も胸を締め付けられた。

だが、それでも大股で、美咲の正面へ回り込んだ。自分も同じ高さへしゃがみ、できるだけ宥め口調で呼びかける。

「聞いてくれ、美咲」

声が少しは届いたか、美咲が力を緩めかけた。その彼女を刺激しないよう、浩人は二つの手のひらを、そっとどかしていく。

今から自分が始めるのは、告白で、同時に懺悔だ。隠し事を明かしてからでなければ、スタート位置にすら立てない。

「俺さ……昨日は部屋を出たあとも、身体のムズつきが止まらなかったんだ。そこへ楓さんが来て、その、エッチなことの相手をしてもらった。朋とも……さっき同じことをした」

「ど、どうして……？」

美咲が微かに目を開く。涙で濡れた視線には、無神経さをなじる光があった。

「わざわざ追いかけてきて、どうしてそんなこと言うの……っ？」

——怒って当然だろう。

しかし、浩人は己の身勝手を把握したうえで、さらに続ける。

「俺はそういう流されやすいヤツなんだ。だからさ、これから言うことには、ビンタでも蹴りでも、好きな形で答えてくれていい。俺……お前が好きだ。この先も、ずっとお前といっしょにいたい。彼氏として、お前の隣に立ちたいんだ……っ」

刹那、美咲が泣きそうに顔を歪め、浩人も無言で返事を待った。

「……っ」

「…………」

「…………」

永劫(えいごう)とも思える沈黙の末、ようやく美咲からかすれ声がこぼれ出る。

「ずるいよ、そんな言い方。怒っていいだなんて……かえって怒れなくなっちゃう……」

「すまん」

だが、続く口調は思いがけず静かだ。

「ううん、こっちこそ謝らなきゃ……先に浩人君を振り回したのは、わたしだもん。それにあのお風呂を使ったあとだと、どうなっても不思議じゃないって、わかっちゃうの……本当はわたしもね、部屋に残って……エッチな場所、自分でいっぱい触っちやった……」

「う、ええっ⁉」

「そんなに驚かれたら……恥ずかしいよ……」

拗ねた視線を返される。美咲は耳まで赤くなっていた。

「わたし……受験のあとで言ってもらえなかったことを、どうしても浩人君の口から聞きたかったから……それで眼鏡をコンタクトへ変えてみたり、下着を見せたり、おち×ちんに悪戯したり……縁結びの湯の成分を調べたいって言ったのも、ほとんど口実だったんだよ……」

「ああ……」

「わたしも浩人君が好き。他の人とエッチしたって聞かされても、やっぱり気持ちを変えられないみたい。好きで、好きで、好きで、大好きなのっ……」

率直すぎる思いの丈だった。

浩人がつられて身を乗り出せば、美咲は近づいた彼の袖を、そっと摘まむ。

「女将さんたちに負けないためには……わたしもすごいこと、しなくちゃね……？」

「え？　ここでか？」

とっさに周囲を見回せば、林の中とはいえ、高く上った太陽が明るい。木花亭までは声が届かないにしても、暇を持て余した誰かが散歩に来れば、きっと見つかってしまう。

だが、美咲の指先には、揺るぎない意思が籠っていた。ここまで求められれば、浩人だって愛欲が滾る。

「……実は俺もさ、美咲と今すぐしたいんだ……」

彼は自らの劣情を認め、美咲の両肩へ手を移した。

目を閉じ、顔を寄せて、あとはありったけの想いを籠めて、彼女と唇を重ね合った。

「んむっ……ぅうっ……く、ふっ……」

「はふっ、んんぅう……っ、あ……っ」

柔らかな日差しの下、若い二人は無心で相手を貪りつづける。

手コキをされ、パイズリされ、セックスして、クンニも経験したのに、浩人はこれが初めての口づけだ。

まして、相手が美咲となれば、昂りは留まるところを知らなかった。

ずっと欲しかった唇は花びらのように愛らしく、果実のように柔らかい。押せば可愛くたわみながら、押し返してもくる。

きっと美咲も、こちらと似た心境だろう。漏れる声音に混じるのは、啜り泣きめいた切なさだ。

それを聞くうち、浩人は舌まで浮かせてしまう。ファーストキスなのにがっつきすぎと、頭では理解できるものの、半開きになった美咲の唇を、右から左へねぶってみた。

「ぅ、ふおっ……！」

責め込んだ自分の神経が、瞬時にこそばゆくなってしまう。

「は……ぁ、ふぁぅうんっ……！」

恋人の驚いたような声色にも、鼓膜を刺激される。

しかも、美咲はヒクッとわななないたあと、おずおず舌を突き出してきたのだ。

彼女だって、ディープキスは最低限の知識しかないだろう。とはいえ、何事につけても呑み込みが早いから、舌遣いはみるみる情熱的になっていく。

細かいザラつきが並ぶ表側と、しっとりヌルつく裏側と、両方を活用した蠢動(しゅんどう)から生まれるのは、粘膜が毛羽立ちそうな悩ましさだった。

となれば浩人も、無理に成長したくなる。彼は夢中で舌を押し付け返し、粘っこい唾液をこそぎ取った。逆に自分の唾液を分け与えもした。

交尾さながらの睦み合いは一分以上続き、やがて、口腔粘膜が体温で溶けそうに思えてくる。浩人は名残惜しさと共に顔を引き、閉じていた目を開いた。

すると正面で、美咲もそっと瞼を上げている。舌に続き、眼差しまで絡み合い、青年の初心な心臓は激しく脈打った。

直後、美咲が前にのめって、全身の重みを浩人の胸板にかける。

「浩人……君……っ」

「ああっ……美咲……！」

浩人は中腰だったため、危うく押し倒されかけた。とっさに女体を抱きしめ返せば、衣服越しに腕や肩の柔らかさが浸透する。

しかも真正面から、バストの膨らみまで押し付けられて、ブラジャーの丸いカップはシャツに隠れたまま、ムニッと盛大にひしゃげた。

「うぅっ！」

実はキスの間から、浩人のペニスは屹立しだしている。こんな愛らしい感触まで思い知らされては、半勃ちのまま暴発しかねない。

ついさっき、朋を相手に果てたばかりなのに——。

しかし、すべてを理解した美咲も、蠱惑的に囁きかけてくる。

「浩人君……おち×ちん、出して……？」

この間合いでせがまれたら、断れるはずがない。

「わ、わかったよ。待ってろっ……」

浩人は美咲を引き離して、ベルトのバックルを外した。ズボンの前も開いた。

出てきた竿は、すでに太さと長さが平時の倍以上で、亀頭も赤黒い表面を膨らませている。

美咲はそこから目を逸らさない。ただ、初めて見たときと違い、あからさまにモジモジしていた。

「わ、わたしとキスしてて、こうなっちゃったんだよね……？」

きっと両想いとわかり、気持ちに変化が出たのだろう。

浩人のほうも、満ち足りたような、そのくせジッとしていられないような、説明しがたい衝動がこみ上げてきた。

自然と荒くなる息を抑え、彼は恋人へ尋ねる。

「次は、何をしたいんだ？」

「あ、そうだね……っ。じゃあっ……口でやってみよう、かな……」

「それっ、フェラチオかっ？」

ストレートな問いに、美咲の視線が泳いだ。

「あ……その……あの……っ」

一度はあやふやに首が縦へ揺れかけた。しかし、彼女は決意を固めたように、大きく頷く。

「そうだよ……うんっ」

「……だったら、こうしたほうがやりやすいかもな……っ」

浩人も思考力を働かせ、他人の目へつきにくい木の陰へ、身体の位置をズラした。それから曲げた自分の脚が美咲の邪魔にならないよう、すっくと立ち上がる。

「……浩人君、そのまま、動かないでね……？」

美咲は屈んだまま、浩人のあとについてきた。それから膝立ちの姿勢を取り、赤らんだ美貌を逸物へ急接近させる。小さな両手で、竿部分を握る。

「うぅっ……！」

動くなと言われたのに、浩人は早々と腰を揺らしかけてしまった。何しろ、美咲の手のひらの張りは、すでに一回、牡肉を射精まで導いた魅惑的なものだ。竿もみるみる上向いて、ほんの数秒で臨戦態勢が整った。

反面、朋とセックスした名残も気になってくる。もしかしたら、精液や愛液の匂いが、まだペニスへ残っているかもしれない。

とはいえ、美咲に嫌がる素ぶりはなかった。

「わたし、木花亭へ来る前から……感じてもらえるやり方、いろいろ調べておいたんだよ？」

そう言って、のっけから口を全開にして、奥から唾液まみれの舌を出す。

「んぅうあっ……はっ、ぁうぅうんっ……」

うっとり目を閉じる表情ははしたなく、狙い目は亀頭の切っ先寄りだ。

もっとも、前回の手コキを反映してか、鈴口より先に裏筋と、両側へ張り出す亀頭粘膜をなぞりだす。

「ぁ……ふっ……れろっ、れろっ……んんふっ……」

切ない声音と共に、肉幹へ頬ずりまで始めそうな献身ぶりだった。

浩人も迷いが吹き飛んで、開いたままの汗腺から、さらなる汗が浮いてきた。

「み、美咲……いきなりで無理してないよな……っ⁉」

だが、美咲はかえって、動きを本格的なものへ変えた。

彼は腹筋を締めながら問いかける。

「うん……っ。わたしっ……試したいことが……いっぱいあるの……っ」

彼女の舌は左右にスライドして、亀頭の端を重点的に磨きだす。かと思えば、上下の行き来に戻って、再び裏筋へ唾液を塗りたくる。

「ぁっ……はぁぁふっ、ひぉとっ、くふぅんっ……」

ただの一舐めですらいやらしかった彼女の顔は、舌をうねらせるほどに淫らさを増した。浩人はこの媚態を見ているだけで、絶頂へ導かれそうだ。

現に、官能の刺激はフェラチオを見下ろすことで増幅され、全身の感覚が牡肉の先端へ集中したように、神経内で電気信号が入り乱れる。

しかも美咲の左手は、予告もなしに玉袋へ移った。彼女は手コキで覚えた力加減を駆使して、優しく、念入りに、二つの睾丸を転がしはじめる。

「お、ぉ、美咲……っ、く、ぅ、うっ！」

浩人も募る痺れに、脳天をチリチリ炙られた。

ただ、玉袋の快楽へは、切迫感だって付きまとう。下手に機嫌を損ねたら、精液の源を握り潰されてしまうかも——。

そんな焦りと連動し、鈴口から我慢汁が滲んできた。

透明でヌルヌルのそれは、裏筋を通って美咲の口元まで届く。糸を引かんばかりに、舌へ絡む。

だが、美咲は下品な体液を平気でねぶり取り、むしろ待ちかねていたように、裏筋を逆走した。

「んぅうえっ、あふっ、ぅえぇぇおっ……くぅぅうん……っ！」

「つ、おぉおっ⁉」

とうとう愛撫の矛先が汁の出どころへ向かい、脆い穴で破裂した疼きは、裏筋の比ではない。

とはいえ、思考の途切れかけた浩人を現実へ引き戻したのも、美咲の口淫だった。

彼女は裏筋にやったのと変わらない執拗さで舌を躍らせて、亀頭表面までなぞりはじめる。ヌメリが絡んだ細かなザラつきは、わずかな引っかかり具合を活用して、半ば強制的に追加の先走り汁を呼び出した。

「み、美咲っ……！　お前っ、短い間に上手くなりすぎだろ……っ」

浩人は腿が勝手に震えそうだ。

どうにか仁王立ちできる幅まで両足をずらし、姿勢を安定させるものの、気を緩める間もなく、美咲が次の段階へ進む。

むしろ、ここまでは準備にすぎなかったとばかり、彼女の口はますます開いた。童顔の前進も再開されて、裏筋へあてがわれた舌は、牡肉を導くレールさながらに、一直線の摩擦へかかる。

「ふぁあっ……ひぉっ、くぅふっ……！」

いよいよ、怒張を頬張りだしたのだ。

前屈みになりそうな浩人が見下ろす前で、彼女は体温の充満する口内に亀頭を迎え入れ、カリ首を吐息で蒸してくる。さらに肉竿の途中まで咥え、唇をキュッとすぼめた。

「はむっ！」

浩人の海綿体へ柔らかな圧迫がかかり、寄ってきた内頬で亀頭も挟まれた。裏筋は浮き上がった舌に、皺がひしゃげるほど押されてしまう。

「ほ、ううっ⁉」

浩人はひとたまりもなく奇声をあげた。外部と遮断された恋人の口内は想像以上に熱く、まるで牡肉を煮崩れさせたがるようだ。

しかも、美咲は唇を節くれだった竿へ密着させたまま、顔をまた進ませてきた。

その動きは、長い肉棒をどこまで受け入れられるか試すみたいで、竿の皮もゆっくり伸ばす。亀頭の側面は内頬で磨きつづけ、ついには喉の傍に垂れる口蓋垂で、鈴口をツツッとなぞってきた。

美咲の喉ちんこ——と卑猥な言葉が浩人の脳裏をよぎったところで、美咲は一転、後退にかかる。

今度は竿の皮を緩めるものの、代わりに息を吸い、逆流する空気の流れで亀頭の頂を直撃した。ストローさながら、尿道内の我慢汁まで引っ張り出そうというのだ。

「お、お、おっ……美咲ぃっ!?」

「んじゅずずっ！　ずぞっ、ずずずぅううゅ……っ！」

しかも唇の裏は、竿の次にエラへ引っかかる。いかに牡肉の張り出しが獰猛だろうと、入念なバキュームには敵わなかった。疼きを練り込まれながら押し負けて、潰れんばかりに歪んで外へ出る。

今度は、亀頭が啄まれる立場へ堕した。

「あ、おぅ、くっ……ぅううっ！」

浩人は額に脂汗を浮かべながら、鈍痛スレスレの愉悦へ抗う。が、微塵も対応しきれないうちに、美咲が顔を戻してきた。

しかも一回目と違い、唇は密着させっぱなしだ。牡粘膜を揉み解し、また喉ちんこの下がる深みまで、極太の怒張を咥える——。

「お、う、ぉぉ……っ」

「ん、あ、ぷっ……ふぅうんっ……」

浩人を呻かせながら、どう動くかの方針も定まったらしい。彼女はそこからテンポを上げて、唇を往復させせだした。今度は行き来の距離を短くし、集中的にカリ首を揉んでくる。

竿と亀頭の間にできた段差は、裏返さんばかりに連続で扱いた。

「んむっ、むぁふっ、ふぁふっ、あむっ……！」

彼女は一時的に休めていた舌まで、またのたくらせだしている。飴玉よろしく牡粘膜を転がして、あどけない美貌に似合わない貪欲さで、とことん味わおうとする。

ついには尿道へかける吸引まで、格段に強めた。こうなると、巻き込まれた空気が、唇で立てる音も盛大だ。

「んんぶっ、ずぞっ、ずっ、んぷっ、じゅるるぅ……っ！」

とうてい、人には聞かせられない。

しかし、浩人も全力で踏ん張って、子種を暴発させるのは免れていた。

もちろん、気を抜けば危うい状態へ逆戻りだが、ギリギリのところで刺激を嚙みしめる。

「おっ……それっ、そこっ、んぐっ、気持ちいい、なっ……」

エラを捲られる感覚を言葉に変換するや、美咲が速度を上げてきた。

「んっ！　ふぶっ！　うぷっ……ふぅうっ！」

「う、お、ぐくぅうっ!?」

浩人は、今度も射精を我慢する。もはや全身汗だくながら、焦点のぼやけそうな目で美咲を見ると、

「んぶふっ……ひふっ、ぅっ、ずずぞ……！　う、うぇうっ、ぁぉっ、んくふっ！」

責め一辺倒と思われた彼女のほうも、いっぱいいっぱいに思えてきた。

殊に愛らしい唇は、勃起ペニス相手に小さすぎて、開ききってなお、竿でみっしり塞がれている。

考えてみれば、彼女だって初めてのフェラチオなのだ。いくら物覚えが早くたって、少しずつ調子が乱れるに決まっていた。それでも自分を悦ばせるため、限界間際で頑張ってくれている。

なら、せめて。

彼は決壊寸前の肉幹を引き締めながら、美咲の頭を撫でてみた。

愉悦に縛られ、動きは拙(つたな)くなってしまうものの、繰り返し、繰り返し、手のひらを上から後ろへ滑らせる。

「俺っ、すげぇ感じてるよっ！　美咲のフェラチオっ、だ、大好きだっ！」

一途な美咲にとって、このお返しが強力なカンフル剤となった。

彼女は息継ぎすら忘れたみたいに口淫を速め、ペニスを押さえることにのみ使っていた右手でも、一心不乱のピストンを始める。

「んんんぅくっ……！　ひっ、ひおとっ、くぅぅふ……っ！　わたっ、ひっ……もっとっ、ゃれるっ、よ……ぉぷぶっ……！」

崖っぷちの状態でやる手コキだから、テクニックなんて置き去りだった。手のひらは唇と同じ方向へも、逆方向へも走り、擦る力まで強めて、海綿体越しに尿道へ痺れを植え付けた。

「おっ、おっ、おぉおっ!?」

浩人は踏ん張りやすい姿勢を取っているのに、脚から力が抜けかける。昇天まであと二分ぐらいは持つと踏んでいたが、もう三十秒と耐えられそうにない。

しかも、怒張が内側から広がりそうな感覚にやられ、彼は思いきり息んでしまう。出発のときを窺っていたスペルマも、これで最後の力を得た。あとは噴水さながらに、鈴口めがけて猛進だ。

「出るっ……出るぅっ！　美咲の口でっ、イ、クぅうあぁあっ!?」

並んだ木々の先、どこまでも広がる空を見上げながら、彼は大量の子種を美咲の口にぶちまけてしまった。

「んぐぅうう……！　ひぅふ……っ、やぅううんっ……ぅ、ふぅううっ……！」

美咲もゲル状めいた粘り気で喉へ栓をされて、細い肩を竦ませる。比喩ではなく、本物の呼吸困難にまで追い込まれたにもかかわらず、まだペニスを吐き出そうとはしなかった。

「ぅくぷっ、ぅぷっ！　ぅ……ぇあっ、ぁおっ、ぅううくぅううん……っ！」

後ろへ下がれば逃げられるのに、彼女は指先や唇が縮こまるのを利用して、剛直をさらに搾る。

浩人も達している最中に肉悦を加えられ、残りの精液まで、恋人へ飛ばしていた。

「くおぅううっ！　美、咲……ぃ！」

「ふ、ん……ぅうん……ぅう……！」

青年は責められながら喉を抉り、恋人は搾りながらやり返される。

もはやどちらも五感を制御できず、身動きすらままならない状態なのであった――。

何分か経って、美咲の口腔からズルリと抜かれたペニスは、極太のまま、我慢汁と子種、さらに唾液までまとわりつかせ、濡れ光る様が怪物めいていた。

そのグロテスクなものを丸出しにしたまま、浩人は腰を屈めて、美咲の肩へ手をかける。

「美咲……その、大丈夫か？」

呼ばれた美咲も、夢から醒めたように見つめてくる。

「うん……心配しないで……？　ちょっとむせそうになっただけだから……」

その瞳はうっとり潤み、いかにも事後といった風情が淫猥だ。

しかも、彼女は先走り汁のテラつく唇を閉ざし、舌上に残ったザーメンをゴクンと飲み込む。

「んんっ……！　は、ふっ……精液って……苦いんだね……味がしばらく……口に残っちゃいそう……」

「やっぱり無理してるだろ、お前っ」

浩人は地面へ膝を付き、ポケットにあったティッシュで、美咲の口元を拭いてやった。

「……そろそろ宿へ戻るか？」

ゴミをポケットへ押し込みながら聞くと、美咲はかぶりを振った。

「ううん……このまま続きをしたいよ……だって、女将さんたちとは……最後までしたんだよね？」

「ここで本番までやろうってのか？」

「うんっ」

今度はきっぱりした首肯（しゅこう）だ。どうやら彼女には、朋たちへの対抗意識が残っているらしい。

昼の林で青姦なんて、リスキーこのうえないが、宮野母子とのことを持ち出されると、浩人はとことん弱かった。まして、美咲は本気で願っているのだ。

「……わかったよ。けど、次は美咲が脱ぐ番なんだぞ？」

念のために聞いてみると、美咲はまたも頷いた。のみならず、即座に自分のジーンズへ手をかける。

「浩人君……わたしのこと、ちゃんと見ていてね？」

言いながら、地面へ座り、脚を前へ投げ出した。あとは腰を揺すり、ズボンをモゾモゾ脱いでいく。汗を吸ったデニム地が肌にくっつくらしく、少し手こずったものの、どうにか華奢な美脚を露にした。

彼女が下に穿いていたのは、可愛らしいチェック模様のショーツだ。

しかし、これもまた当人の手で地面に落とされる。

「……わたしの身体……変じゃないよね？」

美咲は聞きながら、フェラチオをしていたときと同じ膝立ちの体勢を取った。結果、秘所は批評をせがむように丸見えとなる。

「美咲ってさ……気になることがあると行動力がすごいよな」

「……そ、そうかな」

「そうだよ。ぜんぜん、自覚ないんだろ。まあ、化学オタクらしいけどな」

こうなったら隅々まで観察してやろうと、浩人も頭を切り替える。

出てきた恋人の割れ目は、ペニスをしゃぶり回した興奮からか、しっかり濡れそぼっていた。股間全体がヌルつくだけでなく、愛液の雫が太腿までこぼれそうだ。

それだけに動物めいた甘酸っぱい匂いも鮮明で、嗅覚を通しても浩人を発奮させた。

さらに肝心の形はといえば、端正な肌色の大陰唇が、マシュマロみたいな丸っこい線を描く。間の小陰唇は薄く、ひっそりとして、赤っぽく充血しながら端をはみ出させているのに、どこか初々（ういうい）しかった。

ただ、陰毛は朋よりずっと濃い。楓と違って手入れもしておらず、ありのままの縮れ方が、オシャレに目覚めた出で立ちとひどくアンバランスだ。

しかし、そんなのは些細なことだろう。むしろ、牝芯の成熟を感じるための、アクセントになる。

「大丈夫だよ。おかしなところなんて、どこにもない」

浩人は太鼓判を押した。

すると、美咲が上半身にシャツを残したまま、またしゃがむ。

「ね……浩人君。女将さんたちとは……どんな体勢でしたの……？」

「あ、あー、そうだな……」

今度の質問は、いかに答えがはっきりしていようと、どう語るべきかで迷ってしまう。

浩人は口をパクつかせてから、なんとか当たり障りのない表現を選んだ。

「楓さんとは、正面からで……朋とは、うん、俺が後ろに回り込む格好だったよ」

「じゃあ、わたしは浩人君の上に乗ろうかな……ええと……背中が汚れちゃうかもだけど、地面へ寝転がってもらって、いい？」

明らかに、美咲は先を越した二人との違いを出そうとしていた。

浩人も少し躊躇うものの、彼女が一度言いだしたら引き下がらないことは、三年に及ぶ付き合いでわかっている。結局、頼まれたとおり、地面の平らな部分で仰向けになった。

「……つらかったら、途中からでも変えられるからな？」

いちおう、注意だけはしておく。

ともあれ、これでペニスは無防備だった。その形状は射精したときのまま、太くて長く、粘り気もべっとり残っている。

「うん……っ」

さすがの美咲も緊張気味となったが、それでも淀みなく浩人を跨いで、地面へ両膝を置いた。股の下に来た肉棒を、右手で引き起こした。

刹那、浩人の股間へ、官能のこそばゆさが入り込む。

「うくっ！　み、美咲……っ！」

「んっ、まだ……何も言わないでっ……わたしだって、女将さんたちみたいにできるの……っ」

青年からの呼びかけをどう解釈したか、美咲は焦ったような声をあげて、左手で自身の割れ目をクパッと広げた。途端に剝き出しとなった膣口、陰核の端、小水の出口は、どれも揃ってミニサイズで、透明感のあるピンク色だ。周囲が明るいため、特にヌラヌラ濡れ光る。

「ぉ……」

浩人も瞬時に目を奪われ、何を告げようとしたかさえ忘れてしまった。

そこへ美咲の腰が下りてきて、膣口と鈴口に濃密なキスをさせた。

「っ……く、ぐっ！」

「は、ぁうぅっ……！」

浩人は女芯の火照りとヌルつきにやられたし、上で美咲も声を揺らしている。

とはいえ、彼女はブルッと身震いしたら、いきり立つ牡肉を秘洞へ迎え入れはじめた。

「ふ、んくっ……ぁ、ぁっ……！」

動きの速度たるや、浩人が朋を貫いたときよりよほど上だ。大事なはずの処女膜も、一瞬のうちにプチッと破り捨て、エラのほうまで咥え込む。

ただ、さすがに痛みはどうにもならなかったらしい。

「あ、くぐっ……！」

まるで喉まで貫通されたように、可憐な顔がクッと上向いた。

さらにわななく肢体の内側で、膣壁も痛々しく縮こまる。こちらは柔らかい大陰唇と違い、己の襞をも擦り潰さんばかりに、男根をきつく搾り出していた。

「み、美咲ぃ……っ！」

今度こそ浩人は、休むべきだと告げようとした。

それは、彼女の調子だけを意識しての判断ではない。

痺れで怒張を抑えるのが難しくなってもまだ、襞がズリズリ降りてくるために、弾みで秘洞を突き上げそうなのだ。

しかし、声を聞きつけた美咲は、さっきと同じくペースを速めた。

「わたしならっ、だ、大丈夫だから……っ！　んぁっ……あっ……おち×ちんっ、入ってきてるよぉぉっ……！」

口走りながら、エラに続いて太い竿も、どんどん膣に収めだす。

「……くっ！」

ここまで頑張られたら、声がけはしばらく待つしかない。勝手に動きそうな男根は、気力と根性で固定する。

やがて子宮口が、弾力たっぷりに鈴口の真上へ落ちてきて、

「ぐっ、ぅううっ!?」

極度の痺れで、浩人の目の前に、無数の白い星が散った。

「んくっ……ふっ……ひは、ぁぁう……っ」

美咲も馬乗りで小刻みに震えていた。

とはいえ、これは一つの節目だ。

ようやく動きの止まった美咲は、首の強張りを徐々に緩め、息遣いも鎮めていく。

細めた目には幸せそうな色を浮かべ、指も広げて浩人の腹を撫でるのに使った。

「はぁっ……はぁあっ……わたしの中っ、浩人君でいっぱいになっちゃったぁ……っ」

言いながら、太腿の位置もわずかに直す。

それが上昇するための準備なのだと、浩人にはわかった。

「そ、そこまで急ぐ必要ないだろ……っ！」

「ううんっ！　わたし……っ……動いたほうが、早く身体を慣らせると思うのっ……！」

やっと言いたかったことを言えたのに、聞き入れてもらえない。

こうなると何か別の案を出したほうがよさそうで、浩人は楓の性指導を振り返った。

「っと、そうだ……っ。まずは俺のチ×コと繋がったままでさ、腰をちょっとずつ傾けてみるのはどうだっ？　こうやるんだよっ……！」

朋にもやった方法の応用で、仰向けの肩を交互に浮かせてみせると、今度は美咲も頷いた。

「うんっ！　試して、みる……ぅっ！」

彼女は浩人が止まるのを待って、下半身で身ぶりを真似しはじめる。

その腰遣いは不器用で、振れ幅もごく小さいが、媚肉の群れはこぞってカリ首や亀頭へ纏わりついた。我慢汁と愛液を不可分に捏ね合わせ、牡粘膜へ満遍なく塗りたくってきた。

「ふあっ……あっ……お腹の中がっ、おっきなおち×ちんの形に広がってる、よ……ぉ……っ！　ど、どうっ……？　浩人君っ……わたしっ、ちゃんとやれてる……っ!?」

尋ねてくる美咲の声は、挿入時よりいくらか軽い。

やはり、最初は律動よりも、こう動くほうがいいのだろう。そうとわかって、浩人の喜悦も跳ね上がる。

「ああっ、気持ちいいよっ……チ×コがお前の中で焼けそうだ……！」

極小の蜜壺の中で急所を擦られるから、吐き出す感想は決しておおげさではない。

美咲も張り切り、腰遣いへさらなる熱を籠めた。

「ぅ……あっ……こういうのは、どうかなっ……？」

探求心旺盛な彼女だから、結合部をただ捻るだけでは満足しない。肉穴は牡肉と深く繋がったまま前へ突き出され、次いでクッと後ろへ引き下げられた。

「お、おぉおっ!?」

浩人もこの動きには意表をつかれる。

濡れ襞はピストンの予行演習でもするように、亀頭全体を上下へ磨き、竿の根元も解してきた。いっしょに尿道まで緩めそうだ。

「ふあぁんっ！　いっぱいっ……擦れちゃうよぉっ……！　これっ、クセになっちゃいそっおぉ……っ！」

行き来を繰り返す美咲自身、痛み以外のものが大きくなるらしく、甘い視線を浩人へ向けてくる。

「わ、わたしっ……またっ、さっきみたいに動いてみる、ねっ……！　そのほうが浩人君をっ……もっと感じられるから……っ！」

「え、あ、美咲っ!?」

ぐしょ濡れの女性器は、浩人の返事も待たずに上昇した。とはいえ肉壁は縮こまったままだから、道連れとばかりに、亀頭とカリ首も引っ張り上げる。

「おっ、ぉっ、おっ……みさ、きっ……!?」

肉幹をとことんしゃぶられて、快楽は浩人が思い描くより遥かに強まった。

竿の下部はどんどん解放されるものの、しつこいくらい揉まれたあとだけに、むずがゆさが蟠る。

破瓜の血のほのかな赤さと、それを優に上回る量の蜜も絡みついて、アイスキャンディよろしく溶けだしたみたいな格好だ。

そんな屹立の八割が抜けたところで、美咲は動く方向を変えた。再びズブブッと割れ目を下げてくる。

「ひぁっ、ううんっ！　浩人君が……っ、入って、くるぅうっ……！」

迸る声からは、苦痛の響きが薄れていた。そうなると拡張された膣口も、大好物をグニグニ頬張っているように見えてくる。中では襞が、牡肉相手に二度目の熱烈な歓迎だ。

この律動に応えるため、浩人も正直な気持ちを吐き散らした。

「美咲っ……あ、明るいうちからっ、外でこんな気持ちいい体験とかっ……俺っ、一生忘れられねぇよっ！」

さらに言葉を紡ごうとするものの、落ちきった膣奥に鈴口を潰されて、ボキャブラリーが消し飛んだ。

「つぁおっおぉおっ!?」

「んはっ……ぁあぅ……っ！　ふあっ……ぁっ、おち×ちん来たぁぁ……っ！」

美咲もひっくり返る寸前まで、背筋を後ろへ反らす。

もっとも一拍置いたあと、女体は振り子のように、浩人を見下ろせる前屈みとなった。

「あ、あの、ねっ……わたしっ、わたしっ……おち×ちんで奥まで突かれるたび……っ、浩人君をますます好きになっちゃう、みたいっ……！」

そんなことを言われたら、浩人だって脳をフル回転させて、語彙力を復活させたくなる。

「俺だってっ……そうだよっ！　お前をっ、美咲を……っ、どんどん愛おしくなるっ！」

「あ、あはぁっ……！」

不慣れな彼の言い回しに、美咲が口元を綻ばせた。

「じゃあっ……わたしっ、たくさん動くっ……！　もっと、もっとっ……好きになってもらうっ……のっ！」

言い切ったら腰を上げ、そこからは休みないピストンの連続だった。しかも、持ち前の行動力がいかんなく発揮され、動きは一回ごとに速まっていく。

「ふあぁあ……っ！　やっ、ぁああんっ……！　これ、すごいよぉっ……！　身体中がっ、あぁっ……グ、グチャグチャで……ぇっ、もぉっ、気持ちいいほう、が……っ、痛いのよりずっと大きくなってるぅぅうっ……！」

紅潮した彼女の顔には、随喜のしどけない表情が浮かび、いつしか秘洞の持ち上げ方は、飛び跳ねるような勢いになった。下がるときだって、落下と評したいハイペースだ。

結果、濡れ襞は窮屈なままで牡肉を扱き、人間性の吹っ飛びそうな肉悦を、浩人へも美咲へも注ぎ込んだ。

「み、美咲っ……美咲ぃっ！」

「んぅうあ……っ！　浩人っ……くぅうんっ……！　は……ぁああっ！　来たのっ……今っ、またぁっ……奥までゴリゴリって……ぇっ！　来たぁあ……っ！」

いつだったか浩人の抱いた疑問――小声の美咲はセックスでどう喘ぐか――の答えも、これで示された。

嬌声は朋より細く、切れ切れに尾を引いて、それがどことなく美咲に似合う。

とはいえ次第に大きくなってきているし、散歩に来る者がいれば、確実に聞きつけてしまうだろう。

そうなったら、先に見つかるのは身を起こしている美咲だ。

「美咲っ、こっちっ……俺のほうへ来いよっ！」

浩人が両手を差し伸べれば、

「あっ、うんっ！　浩人くっ……ぅうんっ……！」

呼ばれた美咲も身を倒し、力いっぱいしがみついてくる。

彼女の体温はそうとうに上がって、シャツへ汗がしみ込んでいた。ブラジャーがグニッと潰れるのも煽情的で、もはや浩人は風通しがいい林の中にいても、亜熱帯さながらの気分だ。

「うぅうっ！」

「ふはぁあんっ！」

秘所の向きが変わったため、肉幹の反りも本来の角度へ近くなった。亀頭は蠢く襞に深く沈み、捩れがなくなった竿は、反射的に本日三度目の精液を通しかける。

「お、うぅ、うううっ！」

全力で息むべく、浩人も美咲の肩へ腕を巻き付け返す。これで身体と身体はますますくっついたが、辛うじて子種を堰き止めることができた。

否、安心するのはまだ早かった。

抱擁された美咲は喜び勇んで、抽送をいちだんと大胆にしたのだ。脚といっしょに腰のバネも使い、自由な下半身をガックンガックン波打たせる。

姿勢が四つん這いとうつ伏せの中間だから、腰遣いはめちゃくちゃな泳ぎの練習と似ていた。

「浩人君っ、浩人くぅうんっ……！　好きっ、好きだよぉおうっ！」

しかも、上半身を押しつけやすくなったのをきっかけに、さっきとは別の形で、ヴァギナのグラインドまでやりはじめる。描く円は大きくて、怒張を上向きに扱きながら、振り回すように捻った。竿の付け根まで呑み込みつつ、淫襞を全方位から牡肉へぶつけてきた。

これでは浩人が射精を堪えられたのも、一時しのぎでしかない。愛情たっぷりな腰遣いに、子種は肉竿の底へかき集められる。

しかし、どうせなら――！

「お、おっ……美咲っ、おっ、美咲ぃいいっ！」

彼はケダモノじみた情動に衝き動かされ、自分から怒張を扱いだした。美咲に負けじと地面の上で〝の〟の字を描き、肉幹は車のワイパーよろしく暴れさせる。ついには尻を浮かせて、落ちてきた子宮口を逞しく迎え撃った。

「好きだっ、美咲っ、好きだ……ァっ！」

憑かれたように喚きながらの猛攻で、美咲も浩人の上でのけ反りかけた。もっとも、肩を抱きしめられたままだから、実際は首すら満足に上げられない。今度は彼女が、責められる側になり果てる。

「あぁああ……っ！　そんなにされたらっ……ひぁあんっ！　わ、わたしぃっ、イッちゃうよぉおっ！　昨日一人でしたときより、すごいのがっ……駄目っ、来ちゃうぅううっ……！」

「き、昨日って……ああっ、そうだったなっ！」

浩人はさっきの会話を思い出した。

昨夜、自分が部屋から逃げたあと、美咲はセクシーな黒ビキニ姿で己を慰めたのだ。その姿を想像するや、獰猛な活力が湧いてきた。

次の瞬間、美咲も受け身の状態から抜け出して、腰遣いをヒートアップさせる。

「お、つぁおおっ⁉」

強烈な快感で視界がブレた浩人の耳に、甲高い懇願が届いた。

「ひ……ぃっ、浩人くぅうんっ、イッてぇえっ！　わたしっ、もぉ無理なのぉおっ！

イッちゃう……のぉぉお……っ！」

この瞬間、浩人の昂りは頂点をさらに超えた。

美咲も自分と同じで、避けられない昇天を前にしているのだ。なら、あと一息で共にイケるはず！

浩人はその瞬間を無理にでも引き寄せるため、怒濤のピストンをぐしょ濡れの秘洞へねじ込んだ。愛液をブチュブチュかき鳴らし、火照った媚肉を抉る。抉る。抉って、牡粘膜を啜り返される。

「イってくれ、美咲っ！　俺もイキそうなんだっ！　美咲っ……美咲っ、美咲ぃっ！」

「イッ……てぇ……っ！　わたしっ、浩人君にもイッてほしいよぉ……ぉおっ！　来てっ、出してっ、せぇえき注いでぇええっ！」

「ああっ、イクよっ！　イッ……クぅううっ！」

互いを呼び合いながら、悦楽を食い散らかすうち、とうとうザーメンが爆ぜた。

その勢いは、しばらく封じられていたのをやり返すように荒っぽく、これが本日三度目の射精だなんて、自分でも信じられない。

同時に美咲もアクメへと至る。ついさっきまで男を知らなかった膣肉を、ビクッ、ビクビクッと縮こまらせる。

「ふぁああぁあっ！　あひっ、ひっ！　イ……くひぃいぃあぁぁあんぅうぅうぅうっ！　うぁ……はっ、んぅうくぅうぅうあぁはあぁぁっ……やはあああん……っ！」

彼女はわななきながら、四肢の硬直を解けなかった。

しかし、浩人だって手の力を緩めたくない。

「美咲っ……俺っ、美咲の中にいっぱい出した……っ、だ、出したんだよなっ……」

「あひっ……ひ、ひぃ……うんっ……ぅあ、ぅうぅっ……」

二人は荒い呼吸を続けながら、ひたむきに抱き合う。

その真上からは、今も五月の昼の日差しが、木の葉越しに降り注いでいた。

風はそっと過ぎていき、性臭が混じった土と草の匂いも、脳に刻まれそうなほど濃密だった。


行きの道が下りだったため、帰りは緩やかな上り坂となった。その地面を一歩ずつ踏みしめていくと、浩人はまた額や背中にじっとり汗が浮かびだす。

それに美咲は達した疲れも大きいようで、歩調を落としてなお、足元がおぼつかない。

「ちょっと休んでいこうか？」

浩人はそう言ってみるものの、当の彼女が首を横へ振る。

「ううん、平気……急がなくちゃ、お昼の時間が終わっちゃうもん……」

木花亭では三食すべて、仲居が膳を持って来てくれるのだ。本来の時刻を過ぎてからこれを頼むのは、かなりの迷惑になってしまうだろう。

とはいえ、恋人が歩きづらそうなのは見過ごせない。

「なら……その、さ……俺に摑まるとか、どうだ？」

自分らしくないカッコつけに思えるものの、左腕をそっと挙げてみせる。

と、今度は美咲も反対せず、ツツッと近づいてきた。浩人の胸板へ寄りかかったら、腰へ細い両手を巻き付けて、

「ありがとね……これ、すごく歩きやすいよ？」

上目遣いのはにかみ笑いだ。

愛らしい視線と羽のような感触で、浩人は自分で思っていた以上に、ドギマギさせられた。

しかも歩きだせば、美咲が頰を朱に染めながら息を吐く。

「ふふっ……浩人君の心臓、今、すごく速いね……？」

「えっ、そう、か……っ？」

「んと、わかるかな……わたしもなんだよ？　両想いだってわかって、今、すごくドキドキしてる……っ」

「……！」

浩人は恋人を押し倒したくなる情動へ、必死にブレーキをかけなければならなかった。

――幸い、理性が蒸発するより前に、林の出口まで辿り着けたが、さっきまでなかったものも見えてくる。

それは工事現場などで使われる赤い三角コーン二つと、間に渡される縞模様のポールだ。街中ならば平凡な品だが、緑豊かな場にあると、妙に浮いてしまう。

「なんだ、あれ？」

しかも近づくと、ポールからはA四サイズの紙が垂れ下がり、木の手入れを始めたためにしばらく林へ入れない旨が、流麗な手書き文字で記されていた。

「さっきはこんなの、なかったよな？」

「うん……それに木の手入れなんて、してなかったね……？」

となると、いったいどういうことなのか。

甘い昂りのなかに疑問符が紛れ込み、浩人と美咲は上気したままの顔を見合わせた。

第五章　縁結びの湯の奇跡

貼り紙の謎の答えは、宿へ到着すると同時に示された。

「お帰りなさいませ、神楽坂様、工藤様」

ロビーにいた楓から挨拶された瞬間、浩人も直感的に理解できたのだ。

さっきの紙は、楓が残した。おそらく自分たちの行為を目撃し、他の客を遠ざけるために、急いで用意してくれた。

それを裏付けるように、着物姿の彼女は深く頭を下げる。

「お二人の距離が縮まったこと、心からお祝い申し上げます……先ほどは、娘がご迷惑をおかけいたしました」

「い、いやっ、そんなっ。顔を上げてくださいよっ」

改まった楓の態度に、浩人はアタフタさせられた。

口ぶりからいって、朋と自分が納屋で何をしたかも、すっかりバレているのだろう。

女将としてはともかく、母親としては、激怒しているのではなかろうか――。

勘ぐってしまう彼の前で、楓は優雅に身を起こす。その美貌へ浮かぶのは、意外にも裏表を感じさせない優しい笑みだ。

目を釘付けにされかけた浩人は、慌てて彼女へ聞いてみた。

「あの……林の入り口にあった紙って……」

「ええ、私が用意しました。お客様の秘密を守り、ご縁をあと押しするのが、女将の務めですもの」

「そ、そうでしたか。やっ、ありがとうございますっ。で、朋っ……いえっ、娘さんはどうしてますか……っ？」

「娘は家で反省させています。のちほど、お詫びに伺わせますので……」

「いえっ……間に合って、いますからっ……」

セリフを遮ったのは、美咲だった。彼女は奪われることを恐れるように、いっそう浩人へ身を寄せてくる。

「美咲……」

こんな態度を見たら、浩人も朋と会いたいなんて言えなかった。

庭木戸前で麦茶をもらったのが最後のやり取りとなると、心残りも燻ってしまうが
——いや、すべては浮気心めいた未練だろう。
「あの、そういう訳ですんで……娘さんにもよろしく伝えてください」
彼は後ろめたさを感じつつも、楓の申し出を辞退したのであった。

大浴場で汗を流したら、あとは部屋へ戻って昼食だった。

膳のものを綺麗に平らげ、満腹感で満たされると、室内の雰囲気はだいぶ緩くなる。

「昼飯、美味かったな」

「うん……あんなに立派な鮎、東京じゃ食べられないかも……」

実のところ、浩人は何気ない会話をしながら、美咲との新しい距離感を摑みたいと思っている。

だが考えてみれば、こういう穏やかなやり取りは久しぶりだ。受験前は気持ちにゆとりがなかったし、結果が発表されて以降は、卑屈な気持ちに囚われつづけた。

友だちだった頃の安心感が戻り、そこに恋人らしいときめきまで加わると、くすぐったいけれど心地よい。ただ——。

——今だけは……名前で呼んでくれませんか？

――あたし的にはお兄さんとお父さんが、な〜んか似て見えるんです。

ふと会話が途切れた瞬間は、楓や朋の声が脳内で蘇ってしまう。

いくら迷いを振り払おうと決めていても、一回限りの関係だったなんて冷めた割り切りは、なかなかできなかった。

いや、いい加減な気持ちを引きずっていたら、美咲への裏切りだ。

「……なあ、また大浴場へ行こうか？　俺は詳しくないけどさ、こういう宿へ泊まったら、一日に何度も風呂へ入るものなんだろ？」

「だけど、二人で別々になっちゃうよ？　せっかく、恋人になれたのに……」

「まあ、確かにな。じゃあ、トランプとか持って来てるか？　今回、そういうのは忘れてきちまったんだ」

「あ、失敗……わたしもぜんぜん用意してないや……」

「つまるところ、このままのんびりしゃべるのが、一番ってことか」

「……うん、そうかも」

美咲が小さく笑った。

そのときだ。部屋へ備え付けられた電話が、けたたましく鳴りだした。

「っと！　な、なんだよ、突然っ」

恨みがましい目をそちらへ向けてしまう。ともあれ、電話までにじり寄って、

「もしもし？」

受話器を取り上げてみれば、かけてきた相手は楓だった。

『ふふっ、工藤様、昼食はお口に合いましたか？』

「えっ、え……っ、と、とても美味しかったですっ」

とっさに居ずまいを正し、通話口を手で押さえて、美咲へ小声で教える。

「女将さんからだ」

これで美咲も気づかわしげな顔になって、浩人の傍までやってきた。その耳が受話器へ寄せられるや、待っていたようなタイミングで、楓が質問だ。

『今、お近くに神楽坂様はいらっしゃいますか？　よろしければ、お話をしたいのですが……』

「え？」

「……わたし？」

浩人も、美咲も、目をしばたたかせた。

「どうする？」

「う、うん……話してみよう、かな……」

迷い気味に頷いた美咲が、受話器を受け取る。

「……あの、神楽坂ですけど……」

ここで耳を澄まそうかどうか、浩人は本気で思案した。が、盗み聞きじみた真似はやめて、逆に拳二個分ほどの距離を取る。

見ると、聞く側へ回った美咲の態度には、少しずつ熱が籠りだしていた。

「はい……え……？　本当にいいんですか……？　でも……はい……わかりました。い、今から、行きますっ……あっ……浩人君へ代わります……っ」

何やら話がまとまったらしく、再び浩人は受話器を手に持った。

「もしもし、電話代わりました、工藤です」

『工藤様、お邪魔をしてしまいすみません。少しだけ神楽坂様のお時間をいただきますね？　おそらく、一時間ほどで済むと思いますので……』

どんな用事かはまだ不明だが、美咲が納得しているのなら、答えは一つだ。

「わかりました。それ、俺もついていっていいんですよね？」

『いいえ、まずは神楽坂様だけと、お話ししたほうがいいと思うんです。のちほど、工藤様にも聞いていただきますので……』

「そ、そういうことなら……」

『すみません……では、失礼いたします』

通話は終わり、浩人は受話器を電話へ置いた。

「美咲、今の呼び出し、なんだったんだ？」

「あのね……女将さんの旦那さんって、元は京央大学で化学を専攻している学生さんだったんだって。教授から縁結びの湯の噂を聞いて、論文のテーマに選んだのが、女将さんとの出会いのきっかけだったそうなの……っ」

「へ、え？」

いきなり話が飛んで、戸惑ってしまう。

しかし、美咲はいつになく意気込んでいた。

「で、ね……女将さんとお付き合いするようになったあとも、お湯の研究を続けたから、当時のノートが家にいっぱい残ってるって……女将さん、わたしにそれを見に来ないかって……その、言ってくれたの……」

「な、なるほど」

ようやく腑に落ちた。化学オタクの人間にとっては、興味津々の誘いだろう。

「けど女将さん、なんで美咲がそっち方面を好きだってわかったんだ？」

「……ええと……」

美咲の顔付きが、決まり悪そうになった。

「予約の電話を入れたとき、成分とか、すごく熱心に知りたがってたから、だって……」

「……ははぁ」

浩人はそのときの光景が、目に浮かぶようだった。

縁結びの湯を調べたいなんて口実にすぎないと、美咲はさっき言っていたが、きっと誰が聞いてもバレバレなほど、好奇心が溢れていたのだろう。

「そういうことなら、俺もついてってよかったんじゃないか？」

せっかくだし、趣味へ打ち込む恋人の姿を、間近で見たい。

しかし、美咲は小さくかぶりを振った。

「他にお話したいことも、あるみたいなの……そっちは詳しく教えてくれなかったけど……」

「そうなのか？」

もしかしたら、ノートは家まで来てもらうためのきっかけで、本題が別にあるのかもしれない。

だが、ここで食い下がっても、美咲だって答えようがないだろう。

「まあ、しょうがないか。まずはノートをしっかり調べて来いよ」

「あ、ありがとね、浩人君……そのっ……大好きっ！」

「え」

不意打ちで飛び出したストレートな愛情表現に、浩人はゴクンと生唾を飲んでしまった。

格好をつけて美咲を部屋から送り出したものの、一人になった途端、浩人はやることがなくなった。スマホを弄っていても気が散るし、テレビをつけても大した番組をやっていない。

（暇だ……っ。けど、落ち着かないっ）

とうとう座布団を枕代わりに、畳の上へ寝転がった。すると朝からの疲労で、今度は眠気が差してくる。

やがて意識が途切れ――再び目を開けば、隣に美咲が寝そべっていた。

「あ、浩人君、起きたんだ……？」

「わっ!?」

浩人は跳ね起きる。

落ち着きなく窓の外を見れば、すでに日差しが夕方の赤へ変わりかけだ。

「も、もうこんな時間か。俺、鍵もかけずに寝ちまってたよ」

ごまかすように呟いてから、美咲に目を戻した。

彼女のほうも浩人に続き、身を起こしている。

「にしても、いつ戻ったんだよ？」

「うん……ついさっき。思った以上に資料が多くて、読むのに時間がかかっちゃった」

そう答える彼女の手には、一冊のノートがあった。

「借りてきたのか？」

「違うよ。気になる箇所を書き写したの。ノートだけじゃなく、新聞の切り抜きとか、論文を載せた雑誌とかもあってね……？　わたしが知らなかっただけで、ここのお風呂は前からいろんな学者さんに注目されてたみたい……っ」

どうやら何かのスイッチが入ったらしく、美咲は活き活きと語りはじめる。

「わたしたちの身体があんなふうに熱くなっちゃったのは、ここの土壌と、ヨモギと、鉱泉の組み合わせに原因があるらしいの。このあたりのヨモギって、育ちながら他の土地にはない成分を溜め込むんだけど、これが本来の成分と結びついたときに限って、鉱泉と特別な反応をし合うんだって……っ」

「そ、そうか……すごいな？」

「うん、すごいよね……っ。で、ここまでわかって、どうして先へ研究が進まないかっていうと、お湯の温度が下がったり、時間が経ったりすると、せっかく変質した成分が分解されちゃうからで……どうしても完全な形で保存できないんだよ……っ」

浩人が敢えて遮らなかったため、美咲の話は三十分以上続いた。

やがて説明が山場を越えると、口調もふだんのトーンへ戻る。

「あ……ご、ごめんね……わたしだけしゃべっちゃった……」

我へ返った美咲は、打って変わった態度で謝ってきた。

「いや、いいよ。俺はそういうところも含めて、お前を好きになったんだ」

「好き」というフレーズを使うのはまだ恥ずかしいが、さっきの美咲を真似て、ちゃんと声に出す。

「よかったな、いい土産ができて」

「うんっ、うん……っ。あ、それでお願いなんだけど……縁結びの湯、今夜も使ってみていいかな……？」

たぶん、楓から提案されたのだろう。

そう思うと、浩人は鳩尾が引き締まった。

両想いとわかったうえであの風呂へ浸かれば、セーブが効かなくなるはずだ。美咲へのしかかり、夢中でヤりつづけてしまうかもしれない。

が、危険ではないかと思う反面、試したくもある。

だから結局——。

「ああっ、入ろうか……！」

浩人は手を取らんばかりの勢いで、美咲に頷いた。

——夕食後の時間が、急に待ち遠しくなってきた。

（……まだかな……まだかよ……）

時計の針が夜の九時を回る頃、浩人はベランダで風呂用の椅子に座って、美咲が来るのを待っていた。

すでに彼は丸裸だ。タオルがかぶさるペニスも半勃ちで、亀頭のあたりがむず痒い。

しかも、使う椅子は丈の低い木製で、背もたれもない造りだから、今みたいな心境だと不安定に感じてしまう。

「うう……」

脇では浴槽から湯気が立ち上り、ヨモギの匂いが濃厚だった。あまり鼻をヒクつかせていると、身体がいっそう火照りそうで、もう夜気の冷たさを感じるゆとりすら持てない。現にペニスどころか、二の腕や乳首までざわついている。

しかも考えてみれば、身体の向きだって悪い。部屋のほうを向いて待つのが照れくさく、わざとガラス戸へ背を向けたため、ますます気がそぞろになるのだ。

(でも、ほんとに美咲はどうしたんだ?)

今回はいっそ、水着なしで入ろう。彼女とは事前にそう決めていたし、準備にはさほど時間を要しないはずなのだ。それで、なかなか来ないということは——。

(ひょっとして、気が変わっちまったか?)

そう思うと、おおげさでなく喪失感に見舞われた。まだ自然体の関係になりきれていないとはいえ、やる気を出したあとでお預けなんてあんまりだ。

(と、とにかくもう少し待ってみよう……!)

浩人は膝の上で両手を握り、自分を宥めた。

そこへようやく、美咲のかすれた声が聞こえてくる。

「ひ、浩人君……今から、行くね?」

「おうっ」

浩人は滑稽なほど、ピシリと姿勢を正してしまう。

次の瞬間、意外な勢いでガラス戸が開かれた。

「おっ邪魔しまーすっ！」

「なっ⁉」

腰を浮かせた浩人が振り返れば、飛び込んできたのは美咲ではなかった。

もう会えないと思っていた、小悪魔めいた生意気少女——宮野朋だ。

その小柄な身体には白いバスタオルが巻かれ、肩の下から膝上までを完全に隠していた。とはいえ、朋は未成熟なスタイルを誇示するように、胸を張り、両手を腰へ当てている。

逆光のせいで顔色までは見えないものの、少なくとも口元に浮かぶのは、強気で不敵な微笑みだった。

「おまっ……どうしてっ⁉」

「あたしだけじゃないですよっ。ほら、ほらほらっ！」

朋が飛びのくように道を開ける。

「うふっ……失礼します、浩人さん」

「楓さんまでっ⁉」

娘に続いて現れた美人女将も、腋の下へしっかりバスタオルを巻いている。ただし、娘との身体つきの差は歴然で、特にバストは白い布地が二つの小山みたいになっていた。

しかも、着物を着ているときと違い、長い黒髪が下ろされている。その一部は額へかかり、顔立ちをいっそう若々しく見せていた。

「ど、ど、どういうことなんですかっ、楓さんっ？　その……と、朋にまでこんなことをさせてっ!?」

狼狽した浩人は、自分が昨夜のように、相手を名前で呼んでいることすら気づけない。どもりながら尋ねると、楓は嫣然と目を細めた。

「ふふっ、女将としても母としても間違っていますよね。でも、あなたに対する朋さんの気持ちを考えると、どうしても夫と出会った頃の自分と重なってしまうんです。……それに、安心してください。神楽坂様の了解なら、いただいていますので」

「ええっ!?」

そんな馬鹿な——と思ったところで、楓の陰から美咲が顔を覗かせた。

「えっと……浩人君、ちゃんとわたしもいるからね……」

「美咲……っ！」

おずおず全身を見せた恋人も、やっぱりバスタオルを纏っているだけだ。乳房は年相応の存在感を宿すものの、露な腕やふくらはぎは見るからに華奢で、彼女と身体を重ねた浩人でさえ、儚い印象を受ける。

「こ、これ、どういうことなんだっ？」

浩人は股間をタオルで守りつつ、前かがみのみっともない体勢になった。

すると、美咲は目を泳がせる。

「あのね……ノートを見に行ったとき、女将さんから言われたの……浩人君がどういうことを、女将さんとか娘さんとしたか……」

「あたしのことは、朋って呼んでくださいよぉっ」

いきなり朋に口出しされて、美咲が小動物のようにビクッと震えた。しかし、彼女は律儀に言い直す。

「お、女将さんとか朋さんとどういうことをしたか、少しでも気になるのなら、あとでしこりになっちゃうかもって……」

「ですから今夜、浩人さんへのご奉仕を三人で見せ合って、神楽坂様の蟠りを解消したいんです」

「そんな、無茶でしょう!?」

浩人は悲鳴をあげた。

その隙を突くように、朋が自分のバスタオルの前を全開にする。

「ジャーンッ！」

思いきりのよすぎる振る舞いは、痴女というより、子供に近かった。

とはいえ、浩人も彼女の裸を見るのは初めてだ。年下相手とわかっているのに、無様なほどたじろいでしまう。

「う、お……っ」

真っ先に目へ入ったのは朋の胸元で、予想以上に薄かった。男子と比べても、そうそう変わらないだろう。

だが、少しぐらいなら膨らんでいるし、肌はきめ細かく艶やかだ。何よりプニッと柔らかそうで、先端では密やかな乳首が、乳輪ともども、柔肌へ紛れ込むような桜色をしていた。

一方、腰は潑剌とした躍動感を宿す。ロビーでの第一印象どおり、やっぱり元気に飛んだり跳ねたりが似合いそうだった。

（ほ、本当にこいつ、大学を目指すような歳か……？）

浩人は信じられない。

ひょっとしたら、彼女が受験すると言ったのは——。

「あははっ。こんなぺったんこの胸を、お兄さんたらガン見しすぎですよーだっ。ロリコンの気があるんじゃないですかっ？」

「う、うるせぇよっ」

言い返しつつ、浩人はすでに一度見ている未成熟な秘所へも、気を取られてしまった。

大陰唇は生クリームを盛り上げたみたいに愛らしく、逆に小陰唇は可憐な谷間へ隠れ気味だ。

そこで、楓が吐息を漏らす。

「本当にあなたときたら……殿方の前では慎みを持てと、いつも教えているでしょう？」

つられて浩人が視線をやると、彼女もバスタオルの端へ手をかけていた。

「あはっ、お母さんってばっ。バスタオル一枚で気取ったって、意味なんてないじゃんっ」

「いいえ、こういうときこそ、風情が大事なの」

だが直後、楓は言葉と逆に、タオルを足元へ落としてしまう。

出てきた乳房はやはり特大で、ふくよかな曲線を描きながら、これでもかというほど盛り上がっていた。色白の表面はもち肌と評するのがぴったりで、事実、揉めばいくらでもムニュムニュ変形することを、浩人はすでに知っている。

一方、乳首は娘と比べて色がずっと濃くて、夜の闇へ溶け込むようだ。

秘所の形も大違いで、上端へ濃い目の陰毛を残しながら、はみ出す肉ビラにも、大人の貪欲さが見え隠れしていた。

と、彼女は浩人の気を引くように、両手で胸と股間を隠す。それから顔を美咲へ向ける。

「さあ、神楽坂様も」

「ぁっ……」

大本命の恋人は、恥じらいつつも拗ねたような目つきになっていた。

「……ひ、浩人君……朋さんと女将さんを、そういうふうに見るんだね……」

「あ、いやっ……これは……」

「わたしだってっ……浩人君と知り合ってから三年で、おっぱい……大きくなったんだよ……っ？」

美咲は隣の母子へ対抗するように、タオルの折り目をそっと解く。

途端に彼女のすべてが披露された。愛らしい胸も、括れた腰も、股間部も――。

「ど、どう、かな……浩人君……？」

「ああ……うん……っ」

浩人はすぐに答えられなかった。

それほどまでに、美咲が素敵だったのだ。

バストは形もサイズも均整が取れて、お椀型に膨らみながら、乳首を尖らせている。

腰のラインも美術品めいて、肌の透明感が眩しいほどだ。

「き、綺麗だよ、美咲……っ、その……本当に……っ」

やっとのことで、拙い感想を漏らす。

ただ唯一、彼女も股間だけは生々しかった。

陰毛が黒々と縮れているし、覗きかけの小陰唇が、総じて滑らかな肢体の中に、さやかな凹凸を作る。

と、横から朋が飛びついてきた。

「おいっ!?」

「んもうっ。綺麗だよ、とかっ……お兄さん、声がうっとりしちゃってましたよっ！」

ぶつかってきた最年少の身体はどこもかしこもスベスベで、胸が小さい分、肩やお腹も含めた密着度が高かった。

浩人は股間に熱が籠り、いつの間にか肥大化しきっていたペニスを、タオルの下で揺らしてしまう。

そこへ、楓が告げてきた。

「……浩人さんのお身体、今から私たちが洗いますね？」

「え……っ!?」

とっさに美咲を見れば、彼女も真っ赤な顔でコクンと頷いた。

「……どうやるかなら、もう、相談してあるから……」

「お兄さんはぜーんぶ、あたしたちに任せちゃってくださいねっ？」

「あ、う……ううっ……」

どうにか首を縦に揺らす浩人だが、三者三様の裸に囲まれて、のっけから圧倒されそうになる。

楓たちの狩りの成果にされてしまったような、そんな気分すら抱く彼であった。

——浩人さんの身体を洗います。

そんな宣言に反し、浩人の周りで始まったのは、まったく違うことだった。

たとえば楓は、椅子に座った青年の後ろで膝立ちとなり、石鹼まみれの乳房を、ねちっこく擦りつけてくる。泡でヌルつく膨らみは、背中に押し当てられながら平たく歪んで、妖しく蕩けだしたみたいだ。

この感触と温もりだけで、浩人はもう平静を保てない。右隣の朋へ投げかける声が、みっともなく上ずってしまう。

「お前さ……っ、こういうことをベランダでしてると、外に声が漏れるって言ったよなっ？」

だが、朋の態度はあっけらかんとしていた。

「あぁんっ、大丈夫ですよぉっ。ほらほら、聞こえませんっ？」

彼女は浩人の腕を跨ぎ、しなやかな腰をヘコヘコと前後させている。割れ目と、産毛さながらの陰毛をスポンジ代わりに、肘から手首へかけてを磨くのだ。

その牝芯からはすでに愛液が溢れ、身体を洗っているなんて言い分は、絶対に通用しなかった。浩人だって、腕を性感帯に改造されそうな気がしてくる。

「き、聞こえるって……何がだよっ……？」

「とーぜん、他のお客さんのエッチな声ですっ！」

「えっ……！」

反射的に耳を傾けてみれば、なるほど、別の部屋からも甲高い喘ぎが漏れていた。

「ぁっ……ひっ……おチ×ポ……もっとズポズポって……ふ、ぁあっ……！」

向こうはすでに挿入まで進んでいるらしく、女性の声に歓喜が色濃い。

浩人は盗み聞きしているような後ろめたさを抱いたが、同時に共犯意識も湧いてきた。

恥ずかしいことをしているのは、自分たちだけではない――そう思った途端、屹立するペニスが大きく弾む。

この猛々しい動きに、足元へ跪く美咲が反応した。

「んふあっ……！　い、いまっ……ひぉと君のおひ×ひん、ヒクッてした……ぁっ……」

彼女は全開の口から舌を突き出し、亀頭を重点的にねぶり回している最中だ。紅潮した美貌と節くれだった男根、さらに黒い陰毛のギャップは背徳的で、姿勢も破廉恥な四つん這いに近い。左手を湿った床へ置きながら、右手で竿をしっかり握る姿は、発情期の動物とも似ていた。

「んふぁっ……ひ、ひぉと君……ちゃんとわたひも見てくれなきゃっ……や、やだよぉっ……」

そんな不満を吐き出しつつ、微細なザラつきで牡の性感を研ぎ澄ます彼女は、ときにエラも責め立てて、窪んだ部分と張り出す部分を、無差別に捏ねている。

「みさっ、き……っ、お、おぅう……！」

もはや浩人は粘膜の塊がパンクしそうだ。摑まれながら無理に反ろうとする肉竿の付け根へも、質感混じりの悩ましさが蟠る。

と、美咲が舌を浮かせて、湿った匂いの我慢汁を掬い取った。

脆い鈴口への直撃に、浩人の疼きも、着火さながら跳ね上がる。

「う、うあっ⁉」

「んふぁぁうっ……！　わたしだって……ひぉと君を……感じさせてっ、あげるの……ぉ……」

「わ、わかってるっ、わかってるからっ！　俺はっ……お前で一番感じてるってっ！」

浩人は思いつくまま、返事を吐き散らした。

しかし、これを楓が聞きとがめる。

「あら？　私では感じてくれませんの？」

彼女は挑発的に尋ねながら、爆乳をますます密着させてきた。

その身体が上にずれれば、ふくよかなラインは背筋へ引っかかって、下方へグニグニ伸ばされる。逆に下へ動けば、上へ傾くし、ときには石鹸で滑って、ツルリッと脇腹のほうまで押し寄せた。

浩人は猛烈にくすぐったい。乳首が潰れた楓のほうも、声を高く弾ませる。

「あ、ぁあんっ……！　私の胸ではっ……ご満足いただけませんか……っ？　浩人さんっ……教えてくださ……い……っ」

乱交は浩人と美咲のために、という名目すら忘れているような、切ない問いかけだった。

しかも、彼女は呼吸を乱したまま、両手を前へ回り込ませてくる。

新たな狙いは浩人の尖った乳首二つで、そこを指の腹で乳輪ごと縁取りだした。

「あ、ぉ、おっ……!?」

実を言えば、乳首はすでに尖り切って、何も触れていないのがもどかしかった。巧みな力加減で可愛がられる快感ときたら、神経を直につま弾かれるかのようだ。

「き、気持ちいいですよっ……！　俺っ、楓さんにされてる場所も全部っ、よくなっています……！」

「ぁあっ……嬉しいですっ……！」

楓はますます指遣いを多彩に変える。ただなぞるだけでは済まさずに、突起を上から圧したり、曲げた指の先で弾いたりだ。

「うふふっ……クリ、クリ、クリ、と……」

悪ふざけめいた言い回しも、彼女が使えば淫猥となる。

浩人の疼きだってぐんぐん膨らみ、小さな二点からはみ出そうだった。とはいえ、指が泡で滑るから、完全には定着しきらない。

この落差に、浩人は気持ちを掻き乱された。

しかも母に触発されてか、朋の動きまで速度が上がる。

「は、ぁああんっ！　お兄さんっ……あたしのこともっ、ちゃんと見てくださいよぉおっ！」

「……って……お前、恥ずかしくないのか……っ？」

何しろ、浩人の腕を使ってオナニーしているようなものだ。

問われた朋も首を横へ振り、長い茶髪を振り乱す。

「お、お兄さんに見られちゃうんですよぉっ。恥ずかしいに決まってるじゃないですかぁっ！」

だが、彼女はそう言う間にも、グチュッ、ヌチュッ、ブチュクチュッと股で水音を奏でる。浩人の眼前で、上半身を派手に反らす。

ピンクの乳首ははしたなくしこりきって、未成熟な胸の上で否応なく目立った。

さらに浩人が目を上へ転じれば、生意気な童顔も真っ赤だ。眉間に皺を寄せつつ、口元を引きつらせ、もはや表情がすっかり牝と化している。

「ふぁああんっ！　でもっ……しょうがないんですっ！　恥ずかしいとっ、き、気持ちよくなっちゃって……っ！　あうぅうんっ！　あたしっ、もぉ壊れちゃいそ……ぉっ！」

「何だよ、それ……！」

少なくとも、彼女に対しては動揺しつづけたら負けな気がして、浩人は突っ込むように質問を重ねた。

「お前っ、どこでこういうやり方を覚えたんだよっ……!?」

「あはぁっ……な、内緒っ……ですっ……っ！　謎にしておくほうがっ、ぁんっ、お兄さんだっていっぱい想像……できる、でしょ……っ!?」

だが、朋のはぐらかす返事は、続く楓のセリフで台なしになった。

「うふふっ、ネットですよ、浩人さん……家のパソコンに検索履歴が残っていました

「……っ」

「お、お母さんっ、やだっ、なんでバラすのぉっ⁉」

悦楽と焦りの混じり合った声が、朋からあがる。しかも、下半身に余分な力が入ったせいで、彼女はいちだんと摩擦を強めてしまった。

「ゃはうんっ⁉」

その狼狽ぶりに乗じて、浩人も右腕を捻ってみた。骨ばった部分を食い込ませるように、割れ目と、さらに陰核も擦り返してやるのだ。

反撃としてはささやかながら、朋は反りっぱなしだった上半身を、ビクンッと硬直させた。

「あっ、やっ、お兄さぁんぅっ！　う、腕っ、動かしちゃうん、ですか……ぁっ⁉」

よがり声も大きくなって、彼女は倒れるのを防ぐように、姿勢を前のめりへ切り替える。首も肩も竦み上がり、脚は危なっかしい内股だ。

とはいえ、浩人の返事を待たず、陰唇の行き来まで復活させた。まだ身体が対応しきっていないだろうに、アブノーマルな肉悦を食い散らしにかかる。

まあ、浩人も納屋でのセックスで、彼女の立ち直りが早いことはわかっていた。だから、腕のバイブレーションを続けてやる。

「こうするほうがっ、朋だって気持ちよくなれるんだろ⁉」

「あっ、あっ……はいっ、なれますぅっ！　お兄さんに苛められるのっ、すっ……す、ぅっ、好きぃいいひっ！」

朋は嬉しそうに悶える──しかし、今度は美咲から声があがった。

「浩人君っ……！　浩人君の彼女はっ……わたしなんだよ……っ。あ、あんまりよそ見してたら……そのっ、ええとっ、噛んじゃうよっ……？」

「ぅ、ええっ⁉」

人が好い美咲だから、必死に考えた末の脅し文句なのだろうが、男の身からすれば本能的に尻が竦む。

「わ、悪かった、美咲っ……！」

慌てて謝り、浩人は左手を差し出した。昼にフェラチオされたときと同じく、美咲の短い髪を撫でてやると、意外にすんなり納得してもらえた。

「んっ……浩人君……っ、いっぱい撫でてねっ……わたしもっ……このまま続けるから……っ！」

だが、そう言いつつも、彼女は愛撫のやり方を激変させた。伸ばした舌を躍らせるだけでなく、ペニスを口の奥まで頬張ったのだ。

「は、ぁむっ！」

「つあっ、美咲っ！　そ、それって……！」

「ぅうふっ！　んっ、ふぅうんっ……！」

　今度は出だしからコツを掴んでおり、昼よりやり方がスムーズだった。頬をすぼめながら、舌も積極的に蠢かせ、進む勢いで裏筋を擦る。下がるときにエラを捲る。

「んぶじゅっ……ずぞっ、ずっ、ぶちゅぢゅっ……！」

　我慢汁と唾液を丹念にシェイクして、鈴口から竿まで満遍なく絡ませもするから、籠る水音は口の中を漱ぐようだった。あるいはこれ以上ないほど苛烈な、ペニスの揉み洗いだ。

　ともかく、動きは官能神経をショートさせんばかりで、浩人の左手も止まりかける。

「美咲っ……それだと、お、俺っ……すぐにイッちまう、かもっ!?」

「ぅうんっ！」

　呼びかけられた美咲は、かえって律動のペースを上げてきた。竿の表皮を忙しく伸縮させながら、エラを扱いて、しゃぶり回して、疼きを間断なしに植えつける。

「お、おぉうっ!?」

　やられっぱなしとなった浩人は、せめて頭を撫でる動きを再開させるしかない。

朋もこれを見て、己の初体験を連想したように、喘ぎを一オクターブ高くした。

「はっ、ぁああっ……お兄さんのおち×ちんっ、すごっ、くっ……ジュポジュポされちゃってますね……っ！　ぁああんっ！」

彼女は美咲のフェラチオと同じリズムで、股間を行き来させだしている。すでに愛液もお漏らしさながらの量で、火照る媚肉と摩擦に温められながら、浩人の腕へ重ね塗りされていた。

さらに余裕たっぷりだった楓まで、淫靡な悦びに喉を鳴らす。

「ひ、浩人さんっ……そんなに神楽坂様の口が気持ちいいんですねっ……！　あ、ふっ……身体がっ、可愛いくらい硬くなっています……ぅうっ！」

そう指摘する間にも、浩人の乳首を弾き、引っ張り、摘まみ上げた。

たわわな爆乳だって、牡の欲望を誘うために使い、グニッ、ムニムニッ、ムニュッ──あまりの動きの激しさに、身体の間から滑り出させてしまいそうだ。

「ぅっ、おっ……ふぉおっ！　ま、待った！　三人ともっ、やりすぎだって……！」

浩人がいくら悲鳴をあげようと、三人がかりの奉仕は止まらない。

すでに精液も竿の根元へ集結して、発射までのカウントダウンが始まっていた。

それが美咲にもわかるのだろう。

「イッ……へぇえっ！　ぇぷぷっ、おっ、ひぉと君っ……せぇえきっ、だひへっ……ぇひっ、ぅうっ、うふぅうん……っ！」

彼女はこぼれた粘液で顎が汚れるのも構わず、牡肉を扱き立てる。ストロークは出だしより長く、突っ込んでくるときなんて、唇で押さえた竿の皮をはちきれさせそうだ。そこら中が滑りやすくなってこれだから、尿道へかかる圧力だって物すごい。

高温多湿の口腔内でも、頬が狭まり、舌がうねり、粘膜すべてで火照る亀頭を撫でていく。

ズッポズッポと強引なピストンに、浩人の官能神経は焦げんばかりに疼きまくった。衝撃も、頭のてっぺんまで突き抜けた。

「お、ぅあおっ、おぉおっ……俺っ、い、イクっ……ぅうっ！」

彼が堪らず音をあげれば、楓も美咲に同調し、朋は右から煽ってくる。

「さあっ……浩人さんっ……神楽坂様にっ、出してあげてっ、くださいっ……！　たくさんっ、ビュクビュクとっ……ぁあっ……！」

「あたしもっ……み、見たいですっ！　お兄さんが、おち×ちんを苛められながらイッちゃうところっ、見せてっ……くださぁぁいっ！」

「あ、お、おっ……おぅおぉおっ!?」

めいめい勝手に声を投げかけてきて、浩人はもう何が何だかわからなかった。ついには平衡感覚すら失われたところへ、すぼまる美咲の唇が迫る。

「んくぅうふっ……ふっ、ぅうっ、ひふぅうんっ……！　イッ……てぇぇぇ……っ！」

竿の根元まで搾るこの容赦なさが、子種にとっての起爆剤だった。

解き放たれたザーメンは、我先に尿道を突っ切って、美咲の口内へドクンドクンと噴き上がる。

「んぐぅううふぅううっ……⁉」

昼間に続き、また喉を満たされてしまう美咲のほうも、怒張を吐き出そうはしない。か細い肩を波打たせて、半ば無理やりスペルマを嚥下する。さらにはズルズルと品のない音を立て、尿道内に残る分まで啜り上げた。

「ぅ……くぅううっ⁉」

果てたところで追撃の喜悦までもらい、浩人の意識は本当に遠のいてしまった。それでいて手足の指先に至るまで、力を微塵も緩められない。

さらに楓と朋も、青年の昇天へ意識を引き寄せられている。

「あぁ……はぁあっ……！　浩人さんっ、果てたのですね……！　濃いザーメンを、神楽坂様へ流し込んだのですね……っ！」

「美咲さんっ……すごくやらしい飲み方、してるぅっ……す、好きな人にここまでしちゃうんだぁ……っ……」

夜はまだ長い。始まったばかりとさえ言えるだろう。

それなのに――。

ベランダでは全員が、早くも大なり小なり、絶頂を迎えたかのような有様だった。

射精の昂りから抜け出した浩人が美咲を見下ろせば、彼女は手のひらを口元へやって、スペルマの苦さを反芻(はんすう)しているらしかった。

「美咲……っ」

「……うん……」

呼びかけに応えて上がった目線も、情熱的にきらめいている。

そこへ、動きを止めた楓が口を挟んだ。

「どうしましょうか、神楽坂様。少しお休みを入れますか？」

気遣う体(てい)を取っているものの、どんな返事が来るのか、すでにわかっているらしい。

浩人だって、美咲がどう言うか、容易に予想できた。

案の定、彼女は首を横へ振る。

「続けます……次は……ちゃんとしたエッチで、浩人君をイカせてあげたい、です……」

答える間にも少し後退して、床へ寝そべろうとする。

と、今度は朋が声をあげた。

「ぁん、ストップですよ、美咲さんっ。お兄さんにガンガン突かれて、下の床まで硬いんじゃ、背中が痛くなっちゃいますってば……っ」

さっきまで下半身を使っていた彼女も、もう往復は止めている。とはいえ、女性たちの中でただ一人、秘所への刺激に悶えていたから、息は美咲以上に荒かった。

そんな娘に楓も頷いて、近くで丸まっていたバスタオルを一枚、美咲へ手渡した。

「こちらを敷いたほうが、よいかと思いますよ」

「え……は、はい……っ」

美咲は素直に忠告へ従い、それから改めて仰向けに横たわる。なんてことのない仕草のはずだが、丸裸で動きが緩慢だと、非現実的な色っぽさがあった。

加えて、膝を軽く曲げ、胸元に手を添えた待ちの姿勢だ。

「ね……来て……浩人君っ……」

恋人の無防備な誘惑に、浩人も椅子から飛び降りた。派手に達したばかりで、休憩も不十分ではあるが、太いままの肉幹をセカセカ握った。

「あ、ああ……やるぞっ！」

もはや、圧倒されている場合ではない。

それに考えてみれば、美咲の胸を凝視できる機会が、初めて巡ってきたのだ。騎乗位のときはシャツが残っていたし、さっきも途中で朋に抱きつかれた。

その膨らみは、大きさのみで比べるなら、楓よりだいぶ小さい。が、平均的なサイズだからこそ、小顔や細身な身体つきとバランスが取れている。

さらに色白の肌は初々しい弾力も帯びて、横たわってなお、ふっくらと盛り上がった。頂の乳首も、ツンとしこる姿がまるでデザートのトッピングだ。

隅々まで眺める浩人の目は、無自覚のうちによほど血走っていたようで、応援する側へ回った朋が、ふざけて茶々を入れてきた。

「お兄さんたら、顔つきがすっごくやらしいですよぉ？」

「よ、よけいなお世話だよっ……！」

浩人はおおげさに声を荒げてみせる。が、結合の瞬間を見物されるとなると、気恥ずかしさもこみ上げた。

しばらく目を逸らしてくれるように、二人へ頼もうか——そんな発想も頭をかすめたが、しかし考え直す。

この際、自分たちのまぐわいを、朋たちへ見せつけよう。二対の視線を、情欲の燃料へ変えてしまうのだ。

浩人は生唾を飲んで、気持ちを固めた。

「んっ……！」

「ぁ……っ」

左手を恋人の膝に添え、そっと左右へ開かせれば、彼女もフェラチオの間に興奮していたらしく、割れ目がすっかりぐしょ濡れだ。

次は出来上がった場所へ座り直して、鈴口を陰唇へ接近させていく。これも四度目の挿入だけに、手間取らずに済んだ。

もっとも、肥大化した小陰唇の間へ亀頭を割り込ませた瞬間から、急所を挟まれる感触と淫猥な火照り、牝粘膜の吸い付きとヌメりに、官能神経を占められる。

「む、うぐっ……！」

堪らず唸ってしまった。

さらに陰唇と触れ合ったままの亀頭を上下させれば、鈴口が膣口へグプッとめり込んで、全身の血が沸騰しそうに思えてくる。

「い、入れるぞっ……」

「うん……っ」

シンプルな会話を挟み、浩人は牡肉を恋人の秘洞へ突き立てはじめた。

「お、ぅううっ！」

潜った先では膣圧が愛情たっぷりで、亀頭を握るように力強い。煮え立つような淫熱も、カリ首から竿へ広がってくる。

浩人の全身にはさらなる汗が滲み、それが未だ残る泡と混ざって、下に垂れはじめた。おかげで結合部どころか、背中や胸まで激しくムズついた。

下では、美咲も四肢を引きつらせながら、愛くるしいバストを真上へ押し出している。

「はっ、ぁっ……おち×ちんっ、浩人君のっ……おち×ちんだよぅっ……！」

女体はどこも若々しいものの、指先に至るまで突っ張っていると、二つの丸っこい双丘の柔らかさが最も際立つ。プルプル揺れるさまなんて、まるでプリンさながらだ。

やがて、怒張が最深部へ行き着き、子宮口と情熱的にぶつかり合った。

「く、おっ！」

「はうぅうっ！」

何度当たろうと、うっとりさせられる弾力で、このままグリグリ亀頭を押し付けるだけで、天井知らずに気持ちよくなれるだろう。牝襞を抉られた恋人の喘ぎ声も、猛った耳に心地よい。

もっとも今回は、それらを嚙みしめるより前に、楓と朋がいそいそ寄ってきた。

楓は美咲の左胸近くで膝立ちとなり、朋も美咲の右側に行くや、母と同じポーズを取る。

「えっ？　ふ、二人とも……っ!?」

浩人がまばたきすれば、楓が右手を自身の秘所へ添えた。

「どうか……私にも手でしてください……っ。さっきから裸のあなたと触れ合いつづけて、もうこんなになっているんですっ……」

はしたなくねだりながら、愛液まみれと化した割れ目をヌパッと開く。

さらに朋も出遅れまいと、腰を小さく揺すりだした。

「あぁんっ……あたしもぉ……っ！　お兄さんの指っ、いっぱいほしいですっ……」

こうして三人、間近で並べば、裸身の違いもいっそう明確だった。

グラマラスな楓は、肌の赤みにまで匂い立つような色っぽさがある。

朋の手足の引き締まり方は、これだけ発情しても、まだ健康美が目立つ。

はっきり言って、浩人はどちらの誘いにも心惹かれた。しかし、答える前に美咲へ問いかける。

「俺……二人へもして、いいか？」

今更なセリフではあるが、これまでと違うことをする以上、恋人の意見を確認するべきだ。

美咲はギクシャク頷いてくれた。

「うん、いいよっ……今夜は特別ね……っ」

「あ、ありがとなっ！」

了解をもらえた浩人が、また顔を上げれば、楓は包容力満点の笑みを浮かべていた。

だが、朋は拗ねたようにぼやく。

「やっぱり最優先は、美咲さんの気持ちなんですねー」

「って、悪いかよっ」

「いーえっ、あたしだって元からそのつもりで来ましたしっ。参加を許してくれた美咲さんには、感謝しかありませんともっ」

そこで不意に、彼女の目が愛おしげに細められた。手は浩人の肩へ乗せられて、声もドキッとするほど甘くなる。

「お兄さんの指の使い方……今晩のうちに、あたしの身体へ覚え込ませてください ね？　思い出いっぱい、ほしいです……っ」

ころころ変わる態度は、どこまで本気なのか。

いずれにしても、気を抜けば翻弄されそうで、浩人は敢えて乱暴に、左手を朋へ差し向けた。右手も、楓のほうへやる。

同時に二つの陰唇をまさぐると、母子の嬌声も見事に重なり合った。

「ひぁうっ！　は、早くぅっ、入れちゃってくださぁいっ……！」

「あっ……ふっ……浩人さんの指っ、お待ちしていました……！」

せがむ朋の小陰唇は、さっそく人差し指を咥え込んでいる。さらに浩人が膣口を探り当てて内へ進めば、指一本ですらみっちり締めてきた。その窮屈さは、ペニスを挿入できたことが嘘のようで、青年の皮膚に過剰なむず痒さが練り込まれる。

一方、楓の割れ目はこなれた柔軟さが先に立ち、肉襞の蠕動も指を消化したがるみたいだ。

とはいえ、秘洞には共通点もあって、どちらも奥まで愛液を湛えながら、火傷しそうなほど熱い。貫かれた瞬間の反応も、心の底から嬉しそう。

「ぁあんっ！　や、やぁああっ！　お兄さんとするのってぇっ……！　指だけですごっ……くっ、気持ちいいですぅうっ……！」

「ん、くっ、はぅうん……っ！　私のおマ×コっ……今夜は浩人さんだけのものですからぁっ……好きなように可愛がって……くださぃいっ！」

「はい……っ！」

　浩人は勇躍、母子の肉壺を捏ねくりだした。楓へは己の成長ぶりを採点してもらうつもりの、粘着質な愛撫を繰り広げる。回転を交えて襞を掻き分け、屈伸させた指の腹を壁面へしつこく擦りつける。

　攪拌（かくはん）された蜜はクチュクチュ鳴り響き、嬌声はそれ以上に大きかった。

「お上手ですっ……浩人さぁんっ……わ、私っ……蕩けてしまいそう……ですっ……はぅうんっ……やっ……ぁはぁあうっ！」

「は、はいっ……楓さんっ！」

　褒められれば、素直に嬉しい。

　もっとも朋に対しては、使うのが利（き）き手でないため、楓へするほど丁寧に動いてやれなかった。その分、重々しい抜き差しで、肉壺を開拓していく。

――と、こちらも気に入ってもらえたらしく、朋は未成熟な裸身を悶えさせながら、浩人の肩へ爪を立てた。

「お、お兄さんっ、お兄さんっ！　お兄さぁん……っ！　あンっ……は、うぁあんっ！　あたしをもっとっ……もっとぉっ、やらしくしちゃってぇえっ……くださぁいっ！」

こんな喘ぎをステレオで聞かされて、美咲も待ちきれなくなったようだ。彼女は下半身をくねらせて、自分から摩擦を強めはじめる。

「浩人君っ……わたしにもっ……し、して……っ！　おち×ちんっ、動かしてくれなきゃ、いやぁ……っ！」

おかげで男根はあらぬほうへ傾けられ、牡粘膜も搾られた。殊にエラの張り出しは襞で捏ねくられ、いきなり吐精の前段階へ入りそうだ。

「っ……わかってる……！　俺っ、ちゃんとやるよっ！」

浩人は答えながら、ズリズリ竿を抜いていった。波打つ濡れ襞を片っ端からほじくって、自分もいっそう痺れつつ、速度はまったく落とさない。

その動きで体幹まで引っ張られたように、美咲の肩が竦み上がった。

「ふぁああ……！　ひ、浩人君のおち×ちんっ、んゴッ……ゴリゴリ抜けてぃくっ、よぉぉおっ……！」

両手は頭の脇で硬く握られている。

そんな恋人を、浩人はまた貫いた。カリ首が膣口の裏へ差しかかったところで力を溜めて、一息に肉竿を突き立てたのだ。

再び矢面に立ったのは亀頭で、居並ぶすべての牝襞とぶつかり合った。爆ぜる肉悦の強烈さに、我慢汁も愛液も蒸発しそうに思えてくる。

「美咲っ……美咲の中っ、すげぇ熱くなってるっ！」

「ふぁああっ！　浩人君こそぉおっ……ぉ、おち×ちんっ、すごいよぉお……っ！」

美咲は首を突っ張らせ、子宮口を打たれた瞬間に至っては、腰をクッと床から浮かせかけた。

「うっ、ぁぁあっ！　ぃひおっ、ひっ、ぃひぃいんっ……！　わ、わたしっ……やっとしてもらえるのにぃいっ……頭っ、真っ白でっ……何も考えられないのぉぉおっ……！」

「い、いいんだっ、美咲はただ感じてくれてればっ！　俺っ……このままガンガンいくからなっ!?」

浩人も美咲の理性を突き崩すべく、荒々しい律動を始めた。

汗を散らし、浴槽の湯気が混じった空気を肺へ取り込みながら、怒張を抜いて、挿して、抜いて、ぶっ挿す。

「美咲っ、美咲の中っ……すごい！　お、俺っ……俺のほうこそっ、馬鹿になりそうだっ！」

このやり方に、美咲の細い肢体も目まぐるしく前後する。突かれれば背筋がずり上がり、引かれれば元の位置へ戻り、胸の上でも弾む乳房が、乳首の位置を一瞬たりとも同じところへ留めない。

——と、揺れる乳肉へ、楓の右手が降りてきた。彼女も快感にやられて姿勢を変えにくいだろうに、上体を横へ傾けながら、鉤(かぎ)状に曲げた人差し指を、揺れる乳頭へ引っかける。途端に美咲も錯乱気味に身を捻った。

「やっ、やはぁああ……っ！　今っ、胸がっ……ひっ、はぅぅうっ……!?」

彼女は途中から閉じていた目を開き、楓の動きを見て取った。それでますます困惑し、浩人の逸物をきつく締める。

「な、女将さんっ……どぉしてわたしに……ぃっ……!?」

「おっ、くぐっ!?」

想定外の膣圧に、浩人も姿勢を崩しかけた。

しかも、これを見た朋までが、左手を美咲の右乳房へ移動させる。彼女の場合、まだ母より稚拙だが、それでも軽いタッチで指先をぶつけだす。

美咲も逃げ道を塞がれて、もはやどちらへ身体をずらしても、美乳を差し出す羽目になった。

そこへ楓が、かすれ声を投げかける。

「あふっ……んんぅうっ！　私も浩人さんのお手伝いを、いたしますねっ……！」

だがこの割り込みに、浩人はむしろ対抗心が燃え盛った。

自分だって、美咲をもっと感じさせたい。彼女の快感を独り占めしたい。

そんな欲求から、腰を前へずらし、竿の角度を上向ける。臍寄りの襞を穿ったら、膣奥に対して短いストロークで立て続けのノックだ。

さらに不埒な母子に対しても、指戯の緩さを取っ払った。今まで人差し指だけだったところへ、中指も追加して、動きも凶悪な抉り方に変える。

この手加減抜きの攻撃に、楓と朋の余裕なんて、あっさり消し飛んだ。

「ひぁああっ！　浩人さんっ……私のおマ×コっ、おかしくなっていますぅうっ！　ずっとずっとっ、ずっとっ……こうしていたくなってしまうんっ、ですぅうああっ！」

「お兄さんっ……お、お兄さぁあんっ！　熱いよぉっ……ぅあっ、あっ、あたしぃいいっ、ふぎっ、気持ちいぃのがっ、止まんないぃぃいいひっ！」

楓はむっちりした豊尻をグラインドさせながら、上で爆乳も弾ませる。

朋の幼げな美貌は紅潮しながら、汗と涎と涙でグシャグシャだ。

そのくせ二人とも、何かへ意地を張るみたいに、美咲の胸から指を離さない。

美咲は三方向からやられっぱなしとなって、ヴァギナから一瞬たりとも力を抜けなくなっていた。

「やっ、やっ、んやぁあっ……！　浩人君っ、たっ、助けて、ぇえ……っ！　わたしっ、こんなの知らないよぉおっ……！　身体中がもぉっ……くぷっ、め、めちゃくちゃぁあっ……！」

だが、大切な女子から哀願されたのに、浩人はペニスをもっと暴れさせてしまう。

もはや前後の往復だけでなく、左右にも腰を揺さぶり、エラを襞へ押し付けた。竿全体を存分に遣い、秘洞を丸ごと蹂躙だ。

「まだっ、もっとだっ！　美咲には目いっぱいっ、俺のチ×コで狂ってほしいんだっ！」

「ひぁぁあん！　無理っ……無理ぃっ！　それ無理だよぉおおっ……！　そんなにおち×ちんされたらぁあっ！　わたしの身体っ……感じすぎちゃうのぉぉお……

っ！」

秘洞を男根の幅より広くこじ開けられながら、美咲は絶頂へ至りかけていた。

とはいえ、濡れた肉壁はどれだけ押しのけられようと、直後に熱くすぼまって、亀頭やカリ首へ形を合わせる。

浩人も竿の表皮をシコシコ伸縮させられつづけて、根元でザーメンが押し合いへし合いだった。射精の瞬間が来たら、自分のほうこそ頭の線が焼き切れるかもしれない。

だが、それでも彼は気力を奮い立たせ、最大速度のままで長いストロークへ入った。何度も、何度も、何度も何度も、鈴口を子宮口へ叩きつけて、クライマックスの肉悦を味わい尽くす。

そこで唐突に、両手を押さえられた。

「お兄さん……っ！　ここで中断なんてぇっ、つらすぎですよぉおっ！」

「どうか私たちもっ、可愛がってくださいっ！　ひ、浩人さぁあんっ！」

「う……えっ！　朋っ！　楓さんっ!?」

左右からの呼びかけで、浩人は自分の指遣いがペースダウンしていたことに気づいた。せっかく一度は激しくしたのに、美咲へ気を取られすぎたらしい。

「悪かった、朋っ！　すみません、楓さんっ！」

謝りつつ、浩人は親指を母子の陰核へかぶせた。

楓の突起はすでに包皮が剝けていて、押せば刺激がダイレクトだ。未成熟な朋のクリトリスはまだ隠れ気味だが、それでもわずかに覗いている縁を摩擦できる。

この最大の性感帯を嬲られた瞬間から、楓も朋も美咲の乳首を突くことさえ忘れて、膝立ちの姿勢を硬直させた。

「ぃひっ、ぃあひぃいっ！　ひ、浩人さぁんぅうっ……！　そこっ、はっ……私っ、弱くてっ！　んぁぁあっ！　弄られると、すぐにイッてしまうんですぅうっ！」

「お兄さんっ！　んぁはぁあっ！　あたしもっ、イクの……ぉっ！　お兄さんに仕込まれてっ、ぅあはっ、んぁはぁあっ！　す、すごいイキ方っ、するようになっちゃったぁあっ！」

そんな恥知らずな二人へ、浩人は唾を飛ばして約束する。

「ああっ、俺っ、もう手を止めないっ！　今度こそ最後までぶっ通しで続けるよっ！」

諸共(もろとも)に、腰のほうも暴れさせた。

むしろ、ここに至って律動はいっそう逞しく、長く想いつづけた相手へ、とことん喜悦を注ぎ込む。

美咲はこれに打ちのめされて、オルガスムスへの道をひた走りだした。解放された乳房をタップタップと跳ねさせながら、目をかたく閉じ直し、涎塗れの唇は全開だ。

「イクッ！　イクぅう……っ！　感じすぎで怖いのにぃいっ！　わたしっ、イクまで止まれないぃひっ！　お、おち×ちんでぇっ……身体の奥からっ……イカされっ、ちゃうっ、のぉぉ……っ！　ぁあんっ、来るっ！　イッちゃぅうぅうっ……！」

もう自身の世界に浩人の存在しか意識できないらしく、よがり顔は肉悦一色に染まっている。

そして強く子宮口を穿たれた瞬間、アクメの絶叫を迸らせた。

「ぅんぅうぅぁあはあああ……っ！　ひぉっ、ぃひぉおおほぉおおっ！　わたしっ……イ、クぅうぅぁはぁぁあっ！　ぅやぁああぁあぉぉおおっ……あっ……あっ、んぁはぁぁぁぁあぁあああぁぁあああ……っ！」

ただでさえ狭かった膣も、怒張を圧壊させんばかりに縮こまり、責める浩人へ決定的な快感をもたらした。

「お、ぉ、おっ……出るっ、ぅうぅっ!?」

呻いた彼の肉幹は強引に反って、襞の群れへ切っ先を食い込ませる。達するのに十分な法悦が積み重なったところで、粘膜がまた燃えるように疼き——ビュブブッ！

「お、ぐくぅうっ！」

続く射精は、マグマじみた勢いだった。

その左右では、楓と朋も捩れた指遣いにヴァギナをやられ、誘爆さながら次々と絶頂を迎えていく。

「ひ、ひろっ……ぉおおぉっ！　浩人さんっ！　浩人さぁぁんぅううっ！　私っ……ぁあああっ！　こ、こんなにっ……ぅふぁへぇえっ、ぅああんっ！　ひぁぁぁあっはぁあっぅうぁぁはああーーーーーっ！」

「やっ、んやぁああはっ！　あたしっ……あたしぃいひっ！　前より熱いのっ、来ちゃうううっ！　イクッ……やっ……ぁああっ！　うあっ、はっ、あひぃいっ！　んうっ、うおぉぁぁあああっ！」

達したのは媚肉を開発済みな楓のほうが一瞬早く、彼女はのけ反りながら、爆乳を見世物同然に振動させた。膨らみは茶色い乳首を尖らせながら、透明に潰れた石鹸液のヌメりで飾られて、この上なくいやらしい。

隣の朋は、母よりオルガスムスが少し遅れ、小さい胸もまったく揺れなかったが――しかし、チョロッ、チョロロッ、ヂョボボボッ。

股間から透明な小水を漏らしはじめた。粗相（そそう）の汁は体内で温められてぬるく、浩人の手を湿らせながら、美咲にも雫を飛ばす。

「は、やぁぁあ……出ちゃうっ……お兄さんにおしっこ見られちゃうぅっ……！　やだ、やだぁっ……と、止まんないよぉぉっ……」

などと言いつつ、中空を仰ぐ朋の目つきは、どこか嬉しそうだ。

一方、下の美咲は呆然自失で、自分が汚されていることに気づけていない。

「はぁぁっ……はっ、ふっ……はぁぁぁあっ……！」

彼女は口を大きく開けながら、荒い呼吸で美乳を上下させていた。膣も未だにペニスを咀嚼しつづけて、精魂尽き果てた姿と反対に、あわよくば第三ラウンドへ持ち込みたがるかのようだ。

――いや、誰よりもまず、浩人がこのまま続けたかった。

だからザーメンが絡みつく膣襞を、遠慮なしにまた掻き回す。楓と朋への指戯だって、もっと乗り気で再開だ。

「感じてくれっ、美咲っ！　楓さんと朋も……！　このままっ！　こ、このままっ！」

箍（たが）が外れてしまった青年の無茶ぶりにより、横一列に並んだ秘所は、またも蜜を鳴らしだした。

グチョグチョッ！　ブチュッ！　ヌチュズチュッ！

「ふぁああ……っ、ひ、ぃひぃいいっ……ひおっ、ひ、浩人っ、くぅあぁあっ……！　何っ、これぇえっ！　気持ちよすぎてっ、死んじゃうよぉおう……っ！」

「私ぃっ、あ、あなたに調教されて……ぇっ！　あっあっ、んあぁあっ！　イクのがっ、止まらなくなってしまいますぅううっ！」

「駄目ぇっ……これ以上恥ずかしい目に遭ったらっ、あたしっ、普通のエッチじゃ満足できなくなっちゃうぅううっ！　やだっ、やっ、もっとぉおおっ！」

よがり声の三重奏も、淫らに夜空の下で響くのだった。


美咲へ二度目の中出しまでやってのけ、さらに十分以上の休憩を挟みながら、浩人はベランダの塀へ寄りかかって、漠然と考えた。

たとえ入浴しなくても、縁結びの湯は湯気だけで効果を発揮するらしい。

何しろ昼のセックスと併せれば、通算で六回の射精だ。今だって、かぶせたタオルの下で、ペニスが異常な逞しさを保っている。

それが少し怖くなり、彼は少し離れたところで寝そべる楓へ聞いてみた。

「俺、明日にドカッと反動が来たりしないですかね？」

「え？　反動……ですか？」

楓はゆっくり顔を向けてくる。その乱れた髪と、ふやけた恍惚の眼差しが、ゾクッとするほど色っぽい。

「だって俺、縁結びの湯の影響でも受けてなきゃ、こんなにヤれるはずないですよ。なんていうか、数日分の精力を前借りしてる気分なんです……っ」

「まあ、浩人さんったら、うふふっ」

楓が身を起こしながら、口へ手を当てた。

「このお湯に、そこまでの働きはありませんよ？　自信を持ってください。あなたは元々、私たち全員を満足させる素養を持っていたんです」

「そ、そうなんでしょうか？」

己が並外れた絶倫だったなんて、にわかには頷きがたい。

とはいえ、これまで自分の限界を試す機会に巡り合わなかったことも事実だ。

浩人が戸惑っていると、少しだけ回復した朋が、四つん這いで寄ってきた。

「ふふっ、浩人お兄さんっ」

どうやら浩人を母の交際相手にする、という建前は放棄したらしく、しなやかな裸身を擦りつける彼女の身ぶりは、露骨に甘えるようだった。

「今の話、バッチリ聞かせてもらいましたよぉ……ということはこの先、美咲さんだけが夜の相手じゃ満足できなくなっちゃいますよね？　来年、あたしが寮付きの学校に合格したら、いつでも呼びつけてくださぁいっ」

「お、おいっ……朋っ」

浩人が慌てて美咲の様子を探れば、すぐ隣で失神しかけと見えた彼女も、うつぶせに姿勢を変えるところだった。しかも浩人の腿へしなだれかかり、上目遣いで大真面目に言う。

「……わたしだって、エッチなこと、頑張るからね……？　浩人君は好きなだけ、わたしで気持ちよくなっちゃっていいんだから……っ」

そこへ立ち上がった楓まで、爆乳をタプタプ揺らしながら寄ってきた。彼女は浩人の傍まで来るや、床へ膝を付いて、頰にかかる長い髪をかき上げる。

「駄目ですよ、朋さん。浩人さんたちを困らせては。私たちがやるべきは、あくまで恋の手助けでしょう？」

「ちぇ……はぁい……」

窘（たしな）められた朋が、しぶしぶ身体を下げた。

もっとも、楓は娘と入れ替わりで、浩人の肩へたおやかな手を乗せる。

「申し訳ありません、浩人さん。娘はまだ精神的に子供ですし、私も頻繁に上京して、目を光らせることになりそうです。そのときは……よろしくお願いしますね？」

「え？」

「ふふっ、冗談です」

そう言われても、浩人は思わせぶりな笑みに固まってしまう。

彼の優柔不断ぶりで堪りかねたのか、美咲も楓の反対側からしがみついてきた。

「浩人君っ……こんなにおち×ちん、大きいんだもんっ……まだ、足りないんだよね……？　彼女のわたしが……満足させてあげるっ……」

「だったらあたしだって、お手伝いしまぁすっ」

「もちろん私も……ええ……っ」

あとは三人の手でタオルが取り上げられ、元気なペニスが剥き出しとなった。しかも、美咲たちは先を争い、亀頭へ顔を寄せる。奪い合うように粘膜をねぶりだす。

「んぅあっ……ふ、ぁっ……ちゅぶっ、ずずずっ……」

「あむっ……はふっ、んふふっ、浩人おにぃさぁん……」

「ぁぁ……浩人さんのおチ×ポ……逞しいですぅ……っ」

「さ、三人とも……俺っ……これじゃまたヤりたくなっちまうって！」

だが喚く間にも、浩人は性欲が膨らんだ。

結局、彼も開き直って、巨根を前方へ突き出す。

「わかったよっ！　こうなったら、めいっぱい付き合ってもらうからなっ！」

これに応えて美咲たちが返してきたのは、三対の潤む眼差しだ。

そして——。

無礼講の乱痴気騒ぎは、最終的に東の空が白むまで続けられたのである。

終章

ベランダで盛ってから数時間後。

ようやく頭の冷えた浩人と美咲は、チェックアウトを済ませ、玄関前で宮野母子の見送りを受けた。

「まあ、その……お世話になりました、楓さん……ええと、朋も、な？」

間抜けた浩人の言葉に続き、美咲もぎこちなく会釈する。

「あのっ……お、お料理、美味しかったです……っ」

官能の熱が引いた今、最も恥ずかしがっているのが彼女だ。

逆に朋は頬を赤らめながらも、美咲へ親しげな態度を見せた。

「あははっ、こちらこそいろいろお邪魔しちゃいましたーっ。でも、ぜひまた二人で来てくださいねっ」

そこでヒラヒラと手を振り、すかさず楓に頭を押さえつけられる。

女将は強引に娘へお辞儀させながら、自分も大きく頭を下げた。

「またのお越しをお待ちしております、工藤様、神楽坂様」

「あ、は……はいっ……」

「そのときは、よろしくお願いしますっ……」

実は浩人も美咲も、朋に頼まれてSNSのアドレスを交換している。その気になれば、母子といつでも連絡を取れるのだ。

とはいえ今は、ひとまずお別れだった。

楓たちへもう一度挨拶してから、浩人たちは木花亭をあとにする。

駐車場を抜け、木々のトンネルを過ぎて、二人並んで町の本道へ出た。

「バスが来るまで、あと二十分ぐらいだっけ？」

「うん。ゆっくり歩いても、間に合うね……」

当たり障りのない会話をしつつ、浩人は美咲の横顔を窺う。

やはりもう一度、恋人が宮野母子との経緯をどう捉えているか、聞いておかなければならない。

「……美咲はさ、昨日の夜からのこと、後悔とかしてないか？」

すると、赤らんだ顔で微笑まれる。

「うん……大丈夫。それより来年になったら、とっても賑やかになりそうだよね？」

「えっ」

「だって浩人君……朋さんたちが東京へ来たら、昨日よりすごいことをしちゃいそうだし……」

「い、いやっ、そんなこと……っ」

「ないって、断言できる……？」

「………っ」

見つめてくる美咲へ嘘を吐かないためには、沈黙せざるをえない浩人だった。

そんな彼を安心させるように、美咲が距離を詰める。

「わたし、浩人君の彼女だもんね……本命の座を取られちゃわないように、今のうちから、お勉強のサポートもいっぱいするよ。あ、図書館デートとか、おうちデート、みたいな……」

「あ、ああ……うん、美咲、よろしく頼むよ。俺、来年こそ合格する。絶対にさっ！」

心優しい恋人へ、浩人は力いっぱい頷き返した。

果たして来年、自分たち四人の関係がどんなふうに進展するのか。
それは、縁結びの神のみぞ知ることだろう。
とはいえ、万事上手くいきそうに思えてくる。
ふっと頭上へ目をやれば、空は突き抜けるような快晴だった。

◎本作品の内容はフィクションであり、登場する個人名や団体名は実在のものとは一切関係ありません。

◉新人作品**大募集**◉

マドンナメイト編集部では、意欲あふれる新人作品を常時募集しております。採用された作品は、本人通知のうえ当文庫より出版されることになります。

【応募要項】 未発表作品に限る。四〇〇字詰原稿用紙換算で三〇〇枚以上四〇〇枚以内。必ず梗概をお書き添えのうえ、名前・住所・電話番号を明記してお送り下さい。なお、採否にかかわらず原稿は返却いたしません。また、電話でのお問い合せはご遠慮下さい。

【送付先】 〒一〇一‐八四〇五 東京都千代田区神田三崎町二‐一八‐一一 マドンナ社編集部 新人作品募集係

快楽温泉 秘蜜のふたり旅（かいらくおんせん ひみつのふたりたび）

二〇二二年二月十日 初版発行

著者◉伊吹泰郎【いぶき・やすろう】

発行◉マドンナ社

発売◉二見書房

東京都千代田区神田三崎町二‐一八‐一一

電話 〇三‐三五一五‐二三一一（代表）

郵便振替 〇〇一七〇‐四‐二六三九

印刷◉株式会社堀内印刷所 製本◉株式会社村上製本所 落丁・乱丁本はお取替えいたします。定価は、カバーに表示してあります。

ISBN978-4-576-22004-8 ◉Printed in Japan ◉©Y.Ibuki 2022

マドンナメイトが楽しめる！ マドンナ社 **電子出版**（インターネット）……………https://madonna.futami.co.jp/

Madonna Mate